表演藝術
的體驗與體現

楊雲玉 著

序言

「戲劇演出」的理由與目的為何？它與人們觀眾有何關係？

「創造或呈現戲劇的理由是傳達其主題意涵」，《後現代戲劇的導演學》作者，榮‧懷特摩爾如是說。而此戲劇的主題意涵將引導觀眾漫遊於深層情緒的刺激或鼓舞、心靈的覺醒、智慧的擴展……享受全然愉悅的經驗與感受（Whitmore,1994,p1）。

自古以來，無數的哲學家、思想家或藝術家不斷的探索和追尋『人生的真理』、『生命的真諦』這人類歷來的兩大難題。但在每一個人短暫的生命中，體會有限且無法親眼得見此兩大難題的真正結果。或許藝術是所有嘗試探索人類兩大難題的最佳模式，因為可以不具任何形式的拘束與包袱，所以具有自由空間，其另一部份的『不自由』即是『似知而不知是否真知』或『知而不知如何言知』……。數千年來，偉大作品的累積提供後人研究或玩味，而在所有的藝術作品中，以多項藝術結合的戲劇，對人類而言是最接近人生、最容易被瞭解的媒介。

美國戲劇家Brockett,OscarG.指出「藝術是我們瞭解世界的一項工具」，這應指人類理性的分析而言，筆者以為「戲劇是體驗人生的最直接方式」，則是指人類感性的需求。

透過戲透過戲劇的表達，使我們對人生、對生命意義的了解，有了更深沉、更廣闊的挖掘及探索；由於它在呈現當中，開放了另一空間讓觀眾或思考、或評價、或回饋、或迴響，且沒有任何固定模式或任何標準答案，觀眾自由的各自解答——經由觀賞、感受之後，獲得對人生及生命更理解或更開闊的體認。因此，「戲劇是體驗人生的最直接方式」，一種滿足人類感性需求以瞭解人生的直接方式。

本書為筆者嘗試以『戲劇集系列方式』出版的「表演藝術的體驗與體現」之第二輯，是筆者距首輯之後的兩年來，在戲劇教學及劇場工作的一點點心得與紀錄，收錄了筆者在編導演總指導及導演工作的兩篇舞台劇劇本《緣‧點》與《槍聲‧BANG！》，並包含詳細的舞台走位圖和演出劇照，以呈現更完整的演出紀錄樣

貌，亦有助於劇本及舞台走位、演員肢體表達方式之編導技巧的結合。用以自我激勵與持續的嘗試和探索戲劇與人生的關聯與對照。並試圖鼓勵喜歡戲劇者及學生們將戲劇與人生結合思考、運用的開端，期望能夠提供探索生命與人生之意義與價值，些許的思考、微小的線索和一絲絲轉化、發現的可能性。

　　感謝林丕先生、徐容琇小姐及廖郁婷、葉力瑜、曲思佳同學允諾將其與筆者合作作品交由筆者重新修正後刊印，以及俞昕辰、陳芃諭、蔡馥齊、李昀宸同學的協助，在此表達十二萬分謝意。

楊雲玉

謹識於

國立臺灣戲曲學院

本書介紹

　　本輯包括兩齣舞台劇演出之劇本、舞台走位及演出劇照。目的是期望普羅大眾皆能用心體驗當下，將「認真生活，熱愛生命」的概念與意義體現於真實人生中，鼓勵以生活的另一面——『戲劇表演』作為體驗與體現人生的橋樑，把握出現在生活中每一刻的美好事物，享受生命。

　　第壹篇，《槍聲·BANG！》舞台劇（2008年4月首演，2008年6月撰寫修正），國立臺灣戲曲學院劇場藝術學系高職部畢業製作之獨立呈現，包含劇本、舞台走位及演出劇照。由筆者任導演，編劇曲思佳。主要在呈現現實社會中人際間錯綜複雜的關係與不同的人生觀點；探索人類在面對危機時不自覺而顯露出來的人性的黑暗面——猜忌、懷疑、邪惡與自私，以一種荒謬、突兀而可笑的手法詮釋人類內心深處的情感與外在的冷漠的對比。

　　第貳篇，《緣·點》舞台劇（2007年4月首演，2008年6月撰寫修正），國立臺灣戲曲學院劇場藝術學系專科部畢業製作之獨立呈現，包含劇本、舞台走位及演出劇照。由筆者任藝術總監及編劇、導演、表演總指導老師，編導學生廖郁婷及另——編劇葉力瑜。指導過程中，工作前期提早於2006年暑假開始，先討論劇本主題、內容，並於開學前完成粗稿，以增加劇本修稿與排練時間。工作中期於9月起展開編劇技巧、劇情篩選與安排，討論並修訂各場次內容，10月起開始排演指導（含演員訓練、分段排練與磨戲）。工作後期則於2007年寒假及開學後之修戲與導演技巧之示範與實務指導。《緣·點》故事發生在一個舞廳廢墟中，卻融入兩個不同時空、兩個故事，是緣分的聚點，也是解開人生真愛的起點；身在四〇年代與現實社會中的兩組情感糾葛的戀人們，藉由古今交錯的場景，知曉前世的姻緣孽債而懂得『捨』與『放開』，也讓今世的男女了解真愛並學習成全他人。

目次

第壹篇
——舞台劇

《槍聲‧BANG！》

藝術總監：楊雲玉

導　　演：楊雲玉

編　　劇：曲思佳

劇本修編：楊雲玉

演　　出：國立臺灣戲曲學院

　　　　　劇場藝術學系高職部畢業製作獨立呈現

時　　間：2008年4月25、26日19：30

　　　　　4月26、27日14：30

　　　　　共四場

地　　點：國立臺灣戲曲學院

　　　　　木柵校區藝教樓四樓黑箱劇場

劇情大綱

　　故事發生在監獄，法官年輕時的同學，當年死黨之一目前已是名導演——奧斯卡，想拍一部《尋找殺人犯》的電影，而要求法官幫忙讓他在監獄中尋找適當人選，並且將提供一筆高額獎金給錄取的人。法官選定老年、中年、青年、少年四個人渣參加試鏡，未料在試鏡過程中，導演被槍殺身亡。於是，試鏡成了偵查。偵訊過程中，因為一個電話號碼，找來了恰巧也是法官年輕時的同學，當年死黨之一目前已是眾所皆知的名偵探。

　　偵探的到來和偵查，暴露劇中人物彼此的關係與牽連：

一、偵探、法官和導演是當年死黨，年輕時曾經因同看得一部電影，三人立誓要當導演，結果只有導演達到願望。法官忌妒導演的幸運，認為自己為社會主持正義應得到更高榮譽。偵探卻受聘於法官太太正在調查法官的外遇。兩人發生爭執，誰是無情的人？

二、少年，在嬰兒時被遺棄而在孤兒院長大，他一直憎恨著遺棄他的父母，未料，偵探即是他的父親，兩人因此發生衝突。

三、青年，原來是腫瘤科醫生，曾經因判斷失誤，害死一名立志當演員的105歲人瑞，後來自己得了肺癌只剩六個月生命，因此希望試鏡成功替人瑞完成心願。未想到，喜歡演戲、癡狂當演員的葬儀社老闆——中年，即是人瑞的孫子，兩人因而發生爭鬥。

四、偵探的助理三姊妹，一直暗中尋找愛上仇人而背叛家人的大姊，他們跟著偵探到監獄調查槍殺案，卻碰巧遇到擔任旁白工作的大姊，三人勸大姊離開法官，並告知大姊有關法官已婚且有孩子的事實，大姊無法置信而與二姊發生衝突。老年適時阻止姊妹殘殺，大家此時才看出一直表現神經兮兮的老年，原來是被法官誤判而入獄多年的父親，在高唱「甜蜜的家庭」之時，大姊和二姊仍舉槍相向。

五、正當監獄內發生一幕幕解開人物之間關係的情節之時，守候在監獄外，一群八卦的記者圍著法官，想挖出徵選內幕。此時，監獄內發出尖叫——，記者們衝向柵

欄想爬進去取得第一手消息。法官頓然失去焦點，而舉槍對準自己的太陽穴。

一聲槍響，落幕。誰殺了導演？為什麼殺人？誰死了？為什麼被殺？

觀眾自有解答。

分場大綱

第一場　甄選記者會

法官邀請記者到監獄來參加電影《尋找殺人犯》主角甄選記者招待會，並公布參加甄選的四位人渣。

第二場　四人渣的甄試

少年、青年、中年、老年，四個殺人犯一個個參加甄試，甄試過程中，導演稍微了解四個人的一些過往。正當導演要公布錄取者時，一聲槍響，接著發現導演屍體。

第三場　誰開的槍

旁白，認為是四人渣聯手殺了導演，或者其中之一是兇手。少年、青年、中年、老年，每一個都否認行兇。每一個人都為自己辯解之時，發現導演口袋中藏了一張有電話號碼的紙條。大家同意讓少年打紙條上號碼以查出蛛絲馬跡。

第四場　偵探的電話

少年照指條上號碼打了電話，原來是偵探社，與偵探兩人才剛自我介紹，偵探即發現少年是他十八年前遺棄的兒子。情怯不敢相認的偵探得知監獄發生命案，以為是兒子闖禍，決定前往與兒子相認。

第五場　監獄相認

偵探帶著助理三姊妹到監獄，終於見著「兒子」少年，尚未相認，偵探即被扣上兇手之名，助理三姊妹隨即幫忙解釋之餘，發現蠻橫的旁白是她們失蹤多年的大姊，四人相擁團聚。

第六場　偵探與法官

　　多年未見面的偵探與法官，再見之因卻是死黨之一『導演』的死亡之謎。法官想請偵探查出導演死因，卻發現偵探已接受法官太太之聘調查自己外遇之事，法官說出對導演的際遇太過僥倖而不滿，偵探則認為法官太過無情而不願協助緝兇。兩人爭執誰是狠心之人。

第七場　調查真相

　　偵探仍然展開調查，卻發現在場的人，每個人的手槍子彈數目皆無誤，兇手之謎未解。大家反倒希望偵探變導演，完成甄選會，選出優勝者。

　　偵探趁著與少年獨處之時，告訴少年他即是少年父親，少年驚愕之餘拔槍欲殺偵探，偵探亦舉槍自衛，兩人僵持不下。

　　青年與壯年在一角閒聊，談到自己的親人與從前的錯誤過往，兩人發現青年醫療失誤害死的人瑞就是壯年的外婆，兩人拔槍相向。

　　助理三姊妹勸旁白大姊離開陷害父親入獄的法官情人，旁白不肯，三姊妹公布法官已結婚生子的事實，旁白仍知迷不悟。旁白與二姊相互舉槍，老年出面制止。大家發現原以為早已屈死冤獄的父親仍然在世，高唱「甜蜜的家庭」，溫馨的歌聲卻掩蓋不了旁白與二姊的恨意，兩人伺機舉槍相向。

第八場　「導演屍體變成女的了！」

　　八卦記者想進入監獄搶獨家八卦和醜聞，卻被法官擋住。法官一直答非所問、模糊其詞之時，監獄內發出尖叫「導演屍體變成女的了！」。記者們丟下法官，各個使出渾身解數想衝進監獄……法官望著爬著欄杆的記者背影，默默的拔槍對準自己的腦袋……。

尾聲　柵欄・監獄

　　每個角色逐一登場，口中敘述著生活的瑣碎，無干緊要的囈語。一聲槍響！BANG！

　　眾角色回頭看！燈光全暗！

　　黑暗中傳來聲音：

　　「你覺得……你會殺人嗎？」

————END————

角色人物介紹

法官／男性，55歲上下，已婚有小孩。外遇情人是旁白。與偵探、導演三人自小為死
　　黨，三人立志未來要當導演，但後來卻當上法官。三人高中後就失去聯絡。

導演／男性，55歲上下。法官及偵探的幼時玩伴。劇中唯一有名字「奧斯卡」，卻從
　　未出現的角色。

偵探／男性，55歲上下。被三個姐妹助理迷戀的名偵探，18年前因故遺棄初生之子。
　　法官、導演的兒時死黨，對好友導演能完成兒時夢想非常傾佩。

偵探助理三姊妹／二姐約25歲，聰敏智慧。三姊約23歲，活潑可愛。小妹約21歲，清
　　純嬌柔。三人真實身分為警察，為尋找多年前為仇人情夫離家的大姐，偽裝成
　　偵探社助理。

旁白／女性，30歲左右。多年前為了電影旁白工作及愛上仇人──法官而離家出走。
　　後來由於法官的協助當上警察，更迷戀法官，此次亦因法官之故，兼差當旁
　　白。

少年／男性，18歲。自小被遺棄在孤兒院長大，一直憎恨著拋棄他的父母。憤世忌
　　俗、脾氣較暴躁。

青年／男性，35歲上下。腫瘤科醫師，因醫療失誤害死一名105歲人瑞，一直內疚難
　　安，企圖彌補。個性善良但怯懦畏縮。

壯年／男性，50歲上下。葬儀社老闆，但討厭自己的家族事業──殯葬業工作而對成
　　為影視紅星痴迷不已。個性奢華不實。

老年／男性，70歲上下。年輕時做過許多工作，卻未當過兵，油腔滑調、神經兮兮，
　　說話顛三倒四，穿著打扮及行為舉止異常。

記者四人／性別、年齡不拘，搶頭條、獨家、八卦醜聞的狗仔記者。

分身四人／無性別、年齡之分，同時是少年、青年、中年、老年，的分身，代表四人
　　內心各個不同面向的聲音。

※註：1、記者與分身可同一組人飾演。

2、每個角色於走位圖符號皆以第一字代表，如法官則以『法』、偵探則
以『偵』字代表，以此類推。

導演創作理念

一、劇本分析──

分為兩個面向的論析：

（一）故事內容是否傳達、凸顯主題？

本劇的主題是「生命的荒謬」。呈現現實社會中人際間錯綜複雜的關係與不同的人生觀點；探索人類在面對危機時不自覺而顯露出來的人性的黑暗面──猜忌、懷疑、邪惡與自私！人們面對錯誤之時，是否真的會考慮彌補或救贖，以達到無悔？

故事發生在監獄，藉由名導演──奧斯卡，想拍一部關於《尋找殺人犯》的電影，而要求法官幫忙讓他在監獄中尋找適當人選，自己卻意外遇害，讓他人來「尋找殺人犯」。電影主角即是真實的殺人犯；電影名稱與真實人生的重疊已顯露出「生命的荒謬」之一。

法官是正直、正義的象徵，卻有著凡人的錯誤，外遇又惟恐妻子知情而想殺了妻子；忌妒年輕時的死黨完成其夢想而不能釋懷⋯⋯。充滿智慧的偵探卻因為某個愚蠢的原因遺棄小孩⋯⋯，到監獄與兒子相認未果，同行的助理卻在監獄意外與其大姊相認。四個人渣為了各自的原因想成為優勝者，獲取高額獎金，卻沒有得到任何想要的答案，出現的反而是始料未及的仇恨關係⋯⋯。這是角色企圖與劇情交叉的「生命的荒謬」之二。

法官選定老年、中年、青年、少年四個人渣參加試鏡，結果導演之死，試鏡卻成了偵查。偵查過程中，角色與角色之間相互牽連、人際間的關係複雜又皆隱藏仇恨，每一個人皆有可能因為自己的仇恨或錯誤而殺人或被殺。這是人際關係與動念之間交疊未知的「生命的荒謬」之三。

全劇以一種荒謬、突兀而可笑的手法，詮釋人類內心深處的情感與外在的冷漠的對比。這是戲劇對真實人生反映的「生命的荒謬」之四。

（二）劇情是否合邏輯且具戲劇張力？

第一場，戲一開始，法官即道出「昨天，我很想殺了嫁給我的那個人」，顯示他與妻子之間的不正常關係，而且他有殺人動機的，與之後導演被殺亦有關聯。在監獄拍戲、用真正的殺人犯甄選飾演電影殺人犯的角色，以及發真正的槍給參加甄選的殺人犯，皆是「不合邏輯的合邏輯」，亦即是在真實人生中是不可能的，因此不合邏輯；但在戲劇中為了呈現某目的與風格而假設其可能，則因此合邏輯，為了凸顯「荒謬」的戲劇效果而如此安排劇情，也就是「條件式的合邏輯」。

第二場，少年、青年、中年、老年，四個殺人犯甄試過程中，每一個人皆有代表內心四個面向的分身出現，替代主角說出各種內心獨白。直到本場次末尾，導演宣布優勝者之前被槍殺，開始顯現本劇第一次的戲劇高潮。也是「不合邏輯的合邏輯」，亦即「條件式的合邏輯」。

第三場，劇中主要角色的相互猜忌、懷疑每一個都否認行兇。每一個人都為自己辯解，觀眾亦在觀察「兇手」是誰。直到發現導演屍體口袋中夾藏一張有電話號碼的紙條，是第二次的戲劇高潮。

第四場，偵探向助理三姊妹中的二姊到出當年遺棄親生兒子的原因和理由，是無厘頭的荒謬，在「荒謬」為主題的戲劇風格上是統一的調性，亦即「不合邏輯的合邏輯」。

第五場，偵探帶著忐忑不安的心情到監獄與兒子相認，明明一句「我是你的父親」，即可完成的事，卻輾轉未能相認，反倒促成助理三姊妹與其大姊意外相逢而相認。但也稍微降下劇情曲線，以累積能量堆疊下一個高潮。

第六場，偵探告知法官正接受法官太太的聘請調查法官的外遇，將劇情曲線稍稍上揚，並與本劇一開始時，法官說出「昨天，我很想殺了嫁給我的那個人」的原由連結上。而法官告訴偵探，他認為導演是僥倖才成為知名之人，其貢獻不如法官自己的正義化身。本場景讓觀眾產生法官與導演之死有密切關係的聯想空間。

第七場，角色與角色之間，在監獄各角落展開人際關係及情仇的牽扯，一層層、一條條，逐一抽絲剝繭，將複雜的數個劇情線展開在觀眾面前，給予觀眾愈來愈清楚的劇情脈絡。又因為每一段角色關係的展示皆停留在『舉槍相向』，因此留下『是被殺？還是殺人？』的懸疑感。

　　第八場，記者逼問法官甄選結果，法官的含糊其辭，在監獄內尖叫「導演屍體變成女的了！」，觀眾再一次接受『劇情猜謎』，導演屍體呢？一開始死的人真的是導演嗎？還是根本死的就是女人？女屍是誰？導演殺了女人而逃之夭夭嗎？還是死的人是法官太太？本劇第三次的戲劇高潮。

　　尾聲，每個角色皆上場，似乎大家皆未向對方或自己開槍，戲好像結束了，黑暗中卻傳來「導演」的聲音：「你覺得……你會殺人嗎？」丟給觀眾一個問題，也是導演和觀眾開的玩笑嗎？劇情結尾的大迴轉，目的在呈現本劇主旨「生命的荒謬」。

二、角色分析——

　　分兩個面向的論析：

（一）角色個性與特色及演員風格的設計與掌控是否明顯恰當？

　　由於本劇主旨是呈現「生命的荒謬」，戲劇風格選擇以「後現代加荒謬主義」為走向。主要角色以其劇情中所述的條件為基本個性，再加上演員對角色所感悟及體認的要素作為其特色，因此，角色個性與特性是因劇本及演員本身所融合而成，且會因不同演員的質感而有所調整。

　　演出中的少年，剛好是演出者真實年齡，且劇本安排的對白夾雜許多髒話，因此給予「憤世忌俗、脾氣較暴躁」的個性，但因劇中少年對事實真相會真誠的維護（替青年辯白沒有殺人或替老人作證老人連槍的構造都不懂，不可能開槍之類），所以仍須保留某部分的赤子之心，而非流於社會敗壞風氣之中的流氓少年而已。青年，在劇中說話口吃，怯懦畏縮，而飾演者，選擇個性較溫和、柔順的演員較符合需求。中年，愛現、愛名牌、較精明狡詐與自私自利，而飾演者則以稍誇張且勇於表現者來擔綱，恰巧劇中安排其長串的假笑，該演員的聲音和中氣十足，因此在劇中又另外增加一些長串的笑，以凸顯其表演風格。老年，劇本中此角色油腔滑調、神經兮兮，說話顛三倒四，扮演此角色的人，本身的表演節奏也很怪異，因此設計其為行為舉止非常異類的人，會在大家都正經八百之時，突然唱起歌，也會藉機耍帥。偵探，原則上是劇本中稍微正常的角色，但其遺棄親生子的動機和過程，以及與親生子發生生死對決的情節卻是詭異又荒謬的，因此

在表演風格上設計為兩極化的方式；當其在一般時候（遺棄其子的問題未被發現時或在調查時）是嚴肅、自信而且接近自大的，但一碰觸自己的錯誤或問題時，又顯露出慌張、不知所措。三姐妹，設計成不同的個性，使一直同時出現三人的場面凸顯出不同的特性和表演節奏。四個分身，又分屬四個人渣，要讓分身的角色突出又能協助各個主角表達內心，因此，依每一個主角的個性找出tone調來設計各自的不同分身，如少年的分身，是憤世忌俗、不可一世的年輕分身。青年的分身，是畏縮、怯懦、閃躲的邊緣人。壯年分身，是愛現、自戀、矯情的模特兒式的典型。老年分身，呈現比老年更緩慢、更體弱、更老化數倍的面向，以突顯與主角老年的差距對比。

（二）角色之間關係是否能協助劇情張力的發展？

誠如劇本分析所述，本劇角色之間的關係複雜，建構出多條戲劇支線，使劇情張力如扇形般擴展開來。出現在每一場景的角色，除了記者外，沒有角色是多餘或僅是輔助性的存在，只要出現則必然與其他場次的角色有所關聯。因此劇情一幕幕展開之時，則感受到劇情架構如扇形或倒三角式的堆疊，直到劇終，每一組角色關係即如扇骨的排列，但每組角色又與另一組產生關係，就如每一隻『扇骨』又有扇面連結一樣。因此，角色之間關係的組合是充滿協調與張力的。

三、舞台藝術構思──

可由兩方面來考量：

（一）舞台、燈光、服裝、音樂、音效等設計的構思？

舞台設計，主場景是監獄，因此「柵欄」成為舞台畫面的主要佈景，以四片可以移動，或L形彎折、或展開成平面的方式變換成監獄中不同角落。將舞台地板設計成前低後高的兩個大小不同的平台，以凸顯舞台空間與層次變化。舞台佈景以全部皆為黑色襯托黑色荒謬的劇情氛圍。

燈光設計，以區塊為主，隨演員移動且逐步漸亮的方式，來烘托劇情的推進以及演員的走位，區塊的光源產生的光圈，可以輔助演員內心獨白的情境塑造，亦可以產生比較非寫實得詭異氛圍。

服裝設計，以黑與白為主要色調，除了四個人渣原來穿的黑白橫條紋犯人妝之外，法官穿相灰邊的黑色法官袍。旁白穿白色短裙套裝。偵探是白襯衫外加黑風衣加黑褲。少年的白襯衫，外罩黑色獵裝。壯年的黑白花紋襯衫，外加黑色短外套與寬黑褲。老年在光裸的身上僅穿一件鑲滿黑色玫瑰的吊帶褲。四位記者青一色是白上衣黑褲。四分身是寬大帶帽的黑罩袍。服裝顏色稍微不同的是助理三姐妹青一色穿白襯衫加暗紅窄裙，以及青年的淺藍色連身工作服，強調其亟欲平靜，寄望獲得解脫而平和的企圖。服裝上有一特色是，四人渣皆有玫瑰點綴，且與劇情線索有關；少年左胸的紅玫瑰是當年父親留下的唯一物品。青年胸上的黃玫瑰是為紀念人瑞而戴的。壯年胸前的白玫瑰是他外婆最喜歡的花。老年整件短褲都是黑玫瑰，是他裝瘋賣傻、隱藏自我的偽裝。原本設計他是唯一不穿鞋子的角色，在整排時發現他的妝扮太怪異但不夠『荒謬』，因此讓他穿上前包覆式的黑色皮料之室內拖鞋，並在光裸的上半身繫上超大紅亮片蝴蝶結於脖子上，而且於最後要確定他是四姊妹的父親時，移開蝴蝶結則看見『爸爸』兩個國字紋身，結果令人噴飯得夠『荒謬』。

音樂部份，以詭異曲風的音樂作換場音樂的基調，以符合荒謬和詭異的氛圍。音效則只強調槍聲和電話聲的聲音效果明顯、準確即可。以減少學生自己作曲的實驗與麻煩。

（二）各設計的藝術風格是否統一調性？

以上相關設計之論述來看，整體視覺上，舞台、燈光、服裝色調統一，音樂調性亦可，與詭異荒謬的戲劇風格尚稱協調。柵欄的運用亦恰當，使場景產生『不明顯變化』的變化，剛好適合看起來各角落無太大分別的主場景——監獄，且柵欄橫隔舞台之中時，亦呈現監獄內外之別，也凸顯每個人（包括觀眾）心中的阻隔柵欄的另一意象。

四、排演技巧——

由兩方面來談：

（一）演員的表演層次如何提升與融合？

劇本於前一年的暑假完成，因此於開學後第一學期即可開始表演訓練，以彌補非表演科系學生之表演技術的不足，包括肢體移動與控制的動能訓練，姿態、表情與

情緒的連結等肢體訓練，創造性戲劇活動及基礎即興表演訓練，以磨練其創造思考及彼此的默契培養。角色選定後，展開讀劇與分段粗排，以實驗劇本之對白與角色和演員的適合度，一方面也讓非專業表演的演員習慣對白的口語化，及配合說話和舞台走動的自然度。

第二學期正式排練時，即先要求演員就自己的角色撰寫角色自傳，包括該角色出生背景、家庭狀況、個性養成等狀況與原因，以及最喜歡和最不喜歡的事物，目前碰到的問題和危機，最希望達成的願望和動機等等，依循劇本所提及的資料外，其他在劇本上未見的資料則須自己設計合邏輯的角色資訊。角色自傳完成後，再向全體演員自我介紹角色，且須回答別人對角色自傳設計的疑問，以讓其他角色或相關人物能更瞭解與認同，亦加強每一個角色的自我認知，以對角色產生情感認同。因此促進演員在詮釋角色時能更自如、自在的反應，以增加表演模式的自然化與生活化。

（二）走位的安排是否適當且足以產生角色之情緒、思想、意圖的表達？

走位是排戲中最難、最複雜之處，也是因此而構成戲劇畫面、塑造角色與情境、氛圍相聯結的主要技巧。天生演員即對舞台空間、方位敏感，但是少有，加上肢體移動與角色、情緒、劇情又要恰到好處，就更難得了。一般演員的肢體或臉部表情的技巧訓練，還算簡單，最不容易教導的即是走位技巧。當然，以未接受過長時間表演訓練的演員來說，在舞台上如履深淵，寸步難移。排演時，演員最常見的狀況是站在方寸之地猛做表情，身體卻不知如何動，僵直硬挺，或背台逃避觀眾的目光。一但聽到導演要求必須「移動」，他們則是以一步之遙的空間來回橫走，像迷路的螃蟹，令人不知所以。

還好本次排演的非正統莎劇，也非以模仿與再現為目的「寫實劇場」，而是「非寫實主義」加「後現代」和「荒謬主義」的混合體。因為舞台除了四面柵欄外，大多是沒有其他布景、大型道具的空場，走位的安排自然以角色出發，以角色情緒心境為主要依歸，劇情、布景的配合為輔，「人」成了最常用的「布景」，如：記者和分身的運用，在舞台上配合主要角色，或聚合、或分散、或移動、或停滯，構成畫面和聲音的豐富性，而分身協助主要角色多層次的獨白，因為分身代表主要角色內心中不同層面的思想與聲音，比起僅主角一人在台上更具可看性，也增強非寫實的荒謬性。

在舞台上角色越多，走位安排的難度愈高。太多人一起動會模糊焦點，超過30秒沒人走動，又會令觀眾失去焦點，如果畫面停滯超過1分鐘，觀眾會認為舞台上有失誤或忘詞，超過3分鐘，觀眾將進入夢鄉以打呼聲回應了。本劇在第三場「誰開的槍」、第五場「監獄相認」、第七場「調查真相」是較多演員的場景，因此，走位安排則須顧及每一位角色說話的timing，時間點與節奏的掌控，不能讓角色在舞台上重疊，亦不能死板的一字排開，有時採「小組」形式，二或三人一組群聚，有時分二至三組左右稍斜前後對立，以使畫面不致枯燥，增加戲劇張力。

第一場「甄選記者會」開場僅法官一人，為從一開始即建立詭異的戲劇風格，安排法官坐在舞台正後方一張背對觀眾的高背椅上。待詭異的音樂起，椅子上方光圈漸亮，約10秒後，法官站起，轉身，停3秒才開始進行內心獨白。從觀眾聽見音樂、看清楚舞台，有10秒鐘時間讓觀眾自己沉浸被塑造的情境氛圍中。當觀眾進入戲劇的氛圍，才能產生淨化作用（將剛才進入劇場前一刻的任何瑣事拋開），與角色在同一『頻道』上相遇，才會開始傾聽角色談話。反之，沒有前面的鋪排，戲一開始即亮燈看見法官演員，馬上開口說話：「昨天，我想殺了嫁給我的那個人」，觀眾會無法相信他說的任何話，因為沒有和角色聚在同一『頻道』上，無法產生認同感。

最後一場「導演屍體變成女的了！」，舞台中橫隔著展開成一字型的四面柵欄，法官、記者在柵欄後方演出，形成觀眾席反倒成了監獄內；最後一場，謝幕「柵欄‧監獄」，場景相同，但各角色由舞台後方走至柵欄內，接近觀眾的前平台演出，又讓觀眾形成一種錯覺，觀眾與角色是一體的，大家都在內心中橫置了柵欄，每一個人常將自己禁錮在內心的監獄而不自知。

五、整排技巧——

包含以下兩部分的總合論析：

（一）審視各角色特色是否恰當並能融入本劇戲劇風格？

（二）各場次劇情的連結性？各場景角色的連貫性？各場景氛圍的適切性？

在進入後期整排需注意的自然是整體排演及戲劇風格的審視。綜合而言，演員與角色特性的掌控早於分段排演時抵定，整排時就各場次、場景逐一檢視，以確定劇情的連結、角色的連貫、氛圍塑造的恰當與否。

剛開始整排時，發生一個問題，本來導演的角色是要上場的，而飾演的同學臨時決定放棄上台，演員不足的狀況，則修改成導演角色僅有聲音而未出現在舞台上，同時換由法官說出導演的對白。這樣的結果會有另一種想像空間：法官一開始即想殺了妻子，雖然尚未執行。戲進行一半，由法官和偵探談話得知，法官有外遇，並不像他自己說的那般正直。而成為導演是他一直以來的夢想，以及他對奧斯卡導演的成名是不屑的，也認為是不公平的。

那麼，是否可能——

1.法官在導演請他幫忙時就已設計殺了導演（且留了偵探電話號碼在屍體身上，欲嫁禍給偵探），自己卻可過足導演的癮？

2.因為大家都把兇手的目標指向四個人渣，而且已知其好友名偵探不願出手查案。因此，在他殺了導演的第二天又殺了老婆調換導演屍體，完成「一石兩鳥」的計畫，解決兩個他所想要結束關係的人的生命？

3.最後，他舉槍自盡的畫面是故意製造假象？還是因為真相即將被多事、八卦的記者揭發？

4.那麼，法官的外遇女友——旁白，有沒有參予？是幫兇還是不知情？

以此多種聯想，似乎導演不上場並不會減弱戲劇張力，反而有增強想像空間之利，遂採用導演不上場且由法官幕後說出導演對白的方案。

整排時，發生另一個問題，演出將近100分鐘，由於此劇語言性較強、台詞很多，希望以70-75分鐘即可，以適應一般觀眾專注力。因此決定刪戲，原來在第二場「甄選四人渣」之後，有一場所有角色在舞台上，喃喃自語生活瑣碎的片段，而在此片段後導演於舞台之外被槍殺的一場，刪去。改成甄選之後直接槍聲，旁白發出尖叫和發現導演屍體。第五場「監獄相認」之後，原本有一場偵探、助理三姊妹和四個分身的歌舞片段，亦刪去。但喃喃自語的片段，有編劇想呈現的生命的荒謬之意象，全部取消似乎會連帶使劇本『少一小塊』；另外，演員排練舞蹈已久，也不忍犧牲抹殺其努力，權宜之計，是將兩段各減半並挪至「尾聲」，先一小段舞蹈，而後演員逐一出場喃喃自語，使戲——有一個彎完整、也較符合荒謬意象的結束。如此，戲劇結構更為緊扣，節奏更為明快。

另外，整排時，發現每段音樂使用過長，容易遮掉演員聲音，聽不清楚對白，因此縮短音樂播放時間，一旦達到換場氛圍後即逐漸收掉音樂，將焦點還給舞台上演員，以利表演技巧尚未專業的演員發揮。

演出前，選定偏向重金屬搖滾樂曲風作為暖場音樂，以期塑造稍為具有後現代感的劇場氛圍。而散場音樂則延續尾聲之舞蹈片段所用的音樂，以維持劇末所營造的劇場張力。

舞台圖說明

後台

| 柵欄3 | 柵欄4 |

高背椅

後舞台，高約30公分

柵欄1　　　　　　　　　　　　　　柵欄2

前舞台，高約15公分

觀眾席

《槍聲‧BANG！》
──劇本及舞台走位圖

第一場　甄選記者會

場景：監獄一角　　　　　　　時間：某年某月某一天上午

角色：法官，少年，青年，壯年，老年，旁白，記者四人。

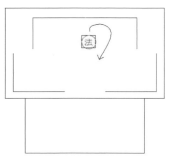

【1】

※法官於燈亮前坐在背對觀眾的高背椅上。

※燈亮十秒之後。法官從容的站起，轉身。

法：昨天，我很想殺了嫁給我的那個人。

※法官移動，站定。

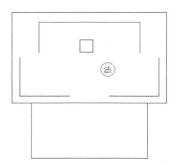

【2】

法：當然我不只昨天想，

　　但我不是昨天想昨天就會做的人。

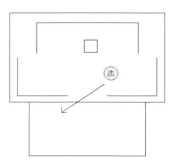

【3】

※法官走下台瞬間燈光變化。

法：我一直都想，但我一直沒有做，我也永遠不會做。

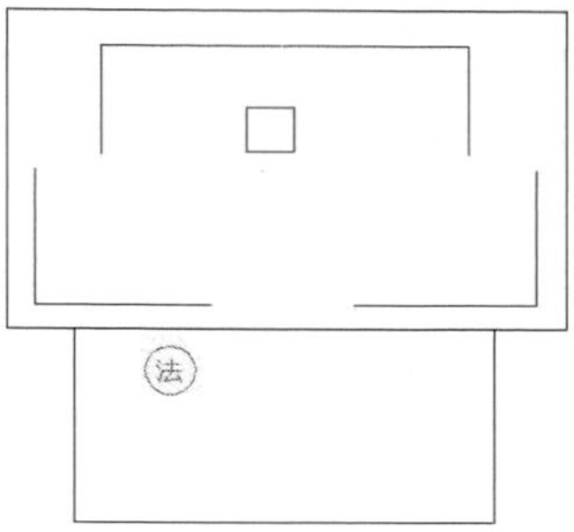

【4】

※法官轉身側向斜左前，停頓。

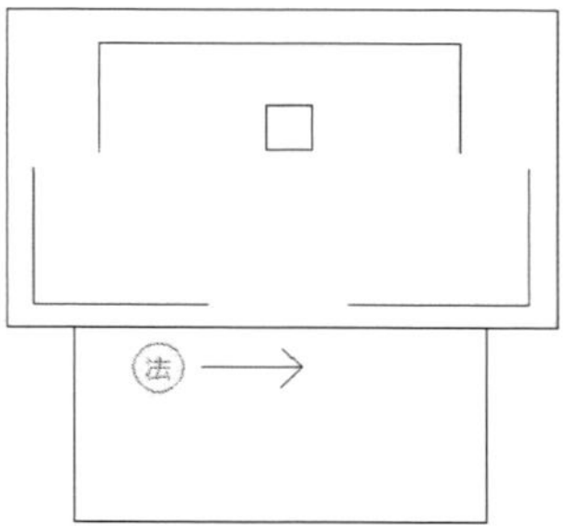

【5】

※法官移至台中，站定。

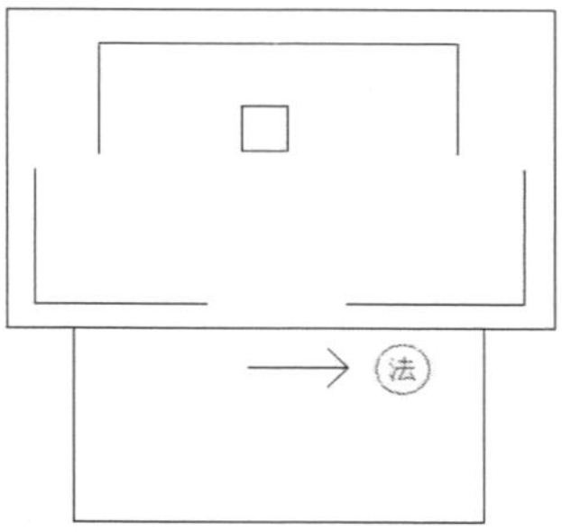

【6】

法：我也沒有時間解釋為什麼我想，（再移向台左側，站定）
　　但是為什麼我不會做。

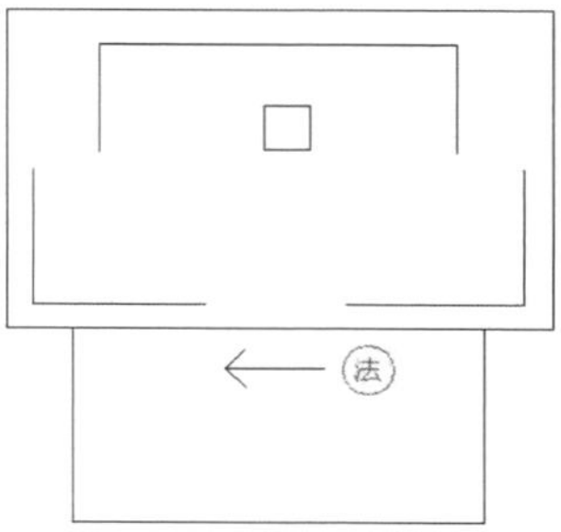

【7】

法：我不只想殺，（又移回台中，站定）我還在想要怎麼殺，

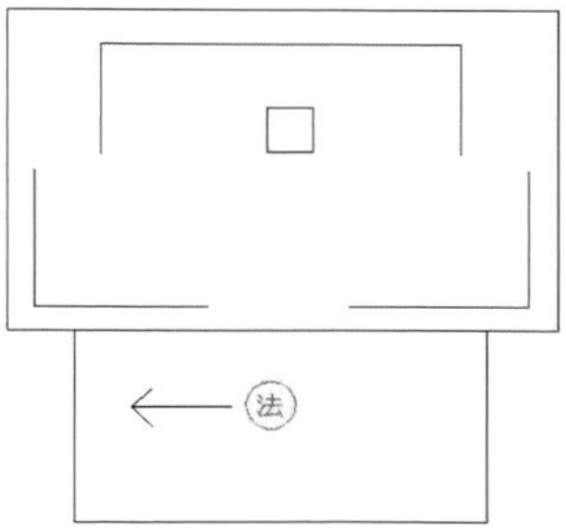

【8】

法：（再移向台右側，站定）我可以掐她的脖子
※法官做出凶狠的表情及掐人的姿勢，同時跨步移動。
法：但我沒有時間示範我要怎麼掐。

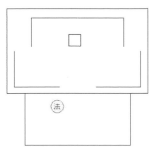

【9】

法：我是法官，法官代表正直，正直的人不會殺人，所以
　　我不會殺人。

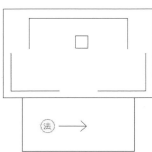

【10】

※法官走至台中。

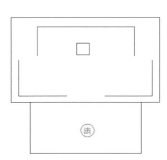

【11】

法：至少在殺人之前我有更重要的事情要做（看錶）。

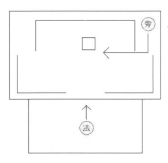

【12】

法：我不是這齣戲的主角（向後退），很抱歉我對你們說了
　　這麼多。

※旁白端著托盤出場，並做1~2個定格動作。

※旁白走向椅子放托盤。

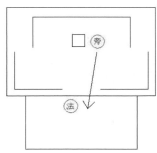

【13】

※旁白移動至法官旁。

法：但是在正式的道歉之前……

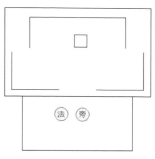

【14】

法、旁：讓我們歡迎四位

※兩人四目相接。

法、旁：……人渣進場。

※雙手高舉做出歡迎姿。

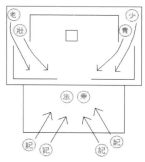

【15】

※燈全亮。少年、青年從左舞台進場。壯年、老年從右舞台進場。四位
　記者兩人一組從觀眾席左右兩側同時進場。

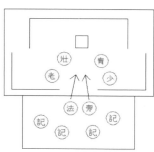

【16】

※記者走上舞台後，少、青、壯、老、法官及旁白做定格姿勢，記者彼
　此間不停在推擠、拍照。

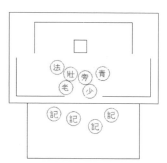

【17】

記二：靠近一點！靠近一點！

※記者和人渣等換拍照動作2。

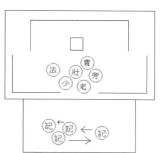

【18】

記一：好帥喔！

※記者和人渣等換拍照動作3。

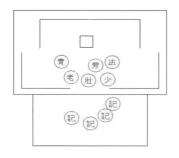

【19】

記四：再來一張！

※記者和人渣等換拍照動作4。

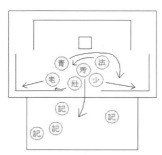

【20】

※旁白清喉嚨，從台中間將記者推開走出。

旁：大家好！我是旁白小姐。

※配合旁白小姐四個字做出三個定格動作。

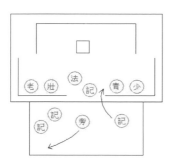

【21】

旁：現在我們可以看到四位人渣陸續進場。

※舞台上記者們與人渣互動。

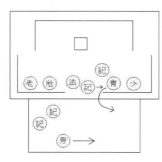

【22】

旁：年紀越輕站在左邊，

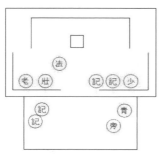

【23】

旁：年紀越輕站在左邊，

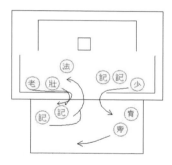

【24】

※記者與人渣位置互換，記者跑到柵欄內，人渣跑到柵欄外幫記者
　拍照。

旁：我想如果你們有眼睛的話也能看的出來，這就不用我
　　　多說了，

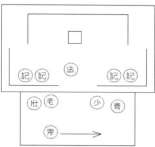

【25】

旁：現場記者已經到了失控的地步

※舞台上開始吵鬧。

旁：我其實也不是很清楚，

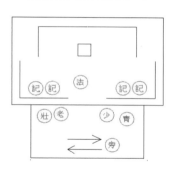

【26】

旁：但是大家既然都這麼開心的話，讓我們一起尖叫吧！

※旁白一個人在前面高音尖叫，來回跑。

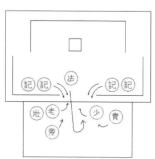

【27】

法：立正！

※在法官走下階後，所有人在混亂失序的狀態立刻歸位。

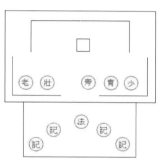

【28】

※法官轉身背對觀眾。

法：敬禮。

※眾人向法官敬禮。

※法官轉身面向觀眾。

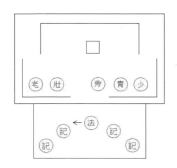

【29】

法：你們應該都知道，請你們集合到這裡的原因。

※法官移動。

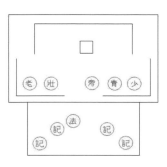

【30】

法：如果不知道的話，我也沒有時間再說一次。

少：一百萬美金加五千元新台幣在哪？

法：想拿到一百萬美金加五千元新台幣的獎金，你們必須先
　　接受評估。我好像說過很多次囉。

※青年舉手。

青：但但但是你沒說過為什麼找我們？

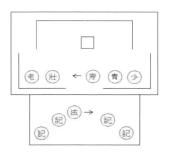

【31】

法：因為這齣戲需要人渣。

※法官移動。旁白亦移動錯位。

壯：不能四個人渣一起演嗎？

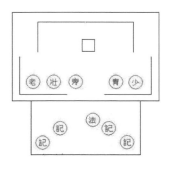

【32】

法：主角只需要一個。

老：誰是主角？

青：還還還還沒選阿。

※青年向老年說

老：什麼時候選？

※老年探頭問青年

青：現現現現在阿。

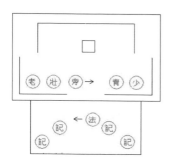

【33】

法：如果你們繼續浪費時間聊天

※法與旁動，法官看錶。

法：我想可以把一百萬美金加五千元新台幣的獎金給別的
　　人渣囉。

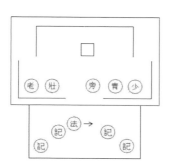

【34】

※四人做出稍息動作。

※少年恐嚇吵雜的記者安靜下來，然後梳頭髮。

※法官移動，看了少年一眼，搖搖頭。

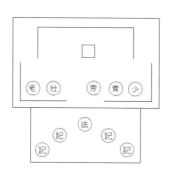

【35】

法：反應還不錯，我就再告訴你們一次，我有個老朋友是
　　個導演，從小認識到現在。

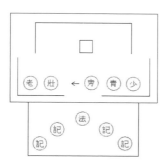

【36】

※旁白移動。

壯：有他老嗎？

※指老年。除了法官外，大家都看著老年。

法：沒有。

※眼睛看左上角。

法：但他從小就長的很老成。

壯：有他老成嗎（指少年）？

※除了法官外，大家都看著少年。法官眼睛看左上角。

法：嘖嘖嘖嘖……應該差不多。

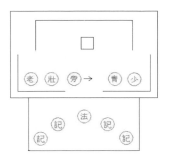

【37】

少年：您他媽的誰在浪費時間？

※少年梳頭髮。法官看著少年。

法：我嗎？

※少年仍梳頭髮。

【38】

法：總之，他要我在幾個快出獄的犯人裡，讓他挑選一個
作為他新電影的主角，主角是殺人犯，跟各位一樣，
是個人渣，被選中的那個能……

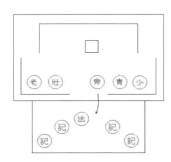

【39】

※旁白走下來，像指揮一樣指揮四個人渣一起說話。

四人：獲得一百萬美金加五千元新台幣。

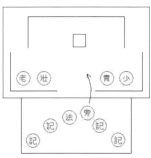

【40】

※旁白走回。

法：幸運的話有機會角逐奧斯卡。

【41】

老：誰是奧斯卡？

※眾人看老年。

法：或是金馬獎。

※眾人轉身看老年。卻聽到少年說話。

少：您他媽的無聊。

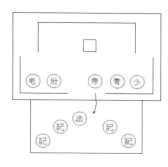

【42】

法：旁白小姐。

旁：什麼事？

※旁白走到法官旁邊。

法：亮槍。

旁：好。

※旁白從口袋拿出槍，法官和旁白向後走。

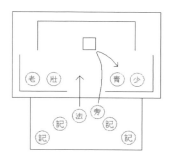

【43】

※旁白從椅上拿起放著槍的托盤走向少年，並發槍給少年和青年。

※記者看到槍而吵雜起來。

青：你妳你們現在該不是要告訴我，這是假徵選真搶劫。

※青年看到槍後受到驚嚇退步。

法：你覺得我們會發記者來拍我們搶劫嗎？

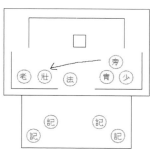

【44】

旁：這四把槍是給你們等一下甄選用的。

※把槍分發給壯年和老年。

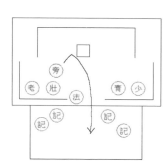

【45】

老：幹麼拿槍？

※旁白把盤子放回椅子上，手上拿槍，走向下舞台中央。

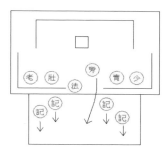

【46】

旁：導演先生會叫你們用槍演一段殺人犯的內心戲。

※旁白做出三個曖昧的動作。

※記者擠向台前看旁白動作，痴痴笑。

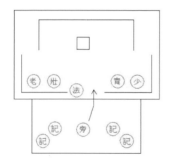

【47】

※旁白做完三動作後，走回法官旁。

法：你們知道什麼是內心戲嗎？

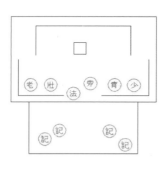

【48】

壯：我知道。

※眾人看向壯年，壯年面無表情十秒。

壯：我的內心在笑，看不出來吧，哈哈哈哈哈。

法：這槍是真的大家小心使用（看錶），

法：現在你們可以去準備囉。

※青年舉手。

青：請請請請問要準備什麼？

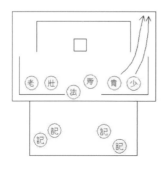

【49】

法：直走下去有一間服裝室，你們過去換衣服。

※青年與少年下台。

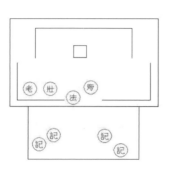

【50】

壯：我只穿名牌。

※法官打斷壯年。

法：你們從那堆衣服裡選出一套你認為面試的時候應該要
　　穿的衣服不用我花時間教你們吧。

老：聽起來很難。

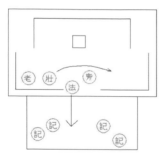

【51】

※壯年看一眼老年，往台左移動。

壯：你可以裸體。

法：在法官面前裸體差不多等於在關公面前耍大刀。

※法官走出，面向右邊，做出凸顯性器官的姿勢。

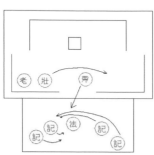

【52】

※旁白與記者們瞬間瘋狂跑到法官面前，爭先恐後的拍照。

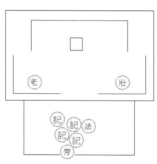

【53】

老：法官常裸體嗎？

壯：法官的意思是他可以告你。

※記者們擠在台又法官正面，痴笑及拍照。

※旁白擠到記者前面，擋住記者，想獨享畫面，被記者推出圈外。

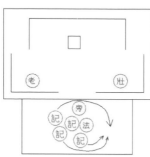

【54】

法：還有其他有意義的問題嗎？

※法官轉身向左面做動作，人潮跟著換邊。

※旁白在一邊看著法官，露出陶醉的笑容。但仍被擠出圈外。

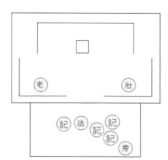

【55】

記四：法官先生，請問我們可以訪問你了嗎？

記二：對於這次導演大膽挑選角色的方式，您有什麼看法嗎？

※記者一一湊上去訪問法官。

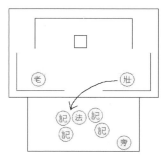

【56】

記一：您支持導演的作法嗎？

記三：法官先生，請問您看過劇本了嗎？

※記者們擠在法官身邊。

※壯年衝出人群。

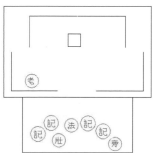

【57】

壯：歡迎訪問我。

記們：不好意思，我們對人渣沒興趣！

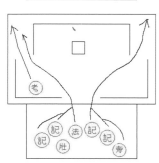

【58】

※眾人下臺。

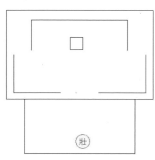

【59】

※留下壯年一人在台上，像大明星一樣不斷擺動作。

※燈暗。

第二場　四人渣的甄試

場景：監獄一角（同前場）　　　　時間：某年某月某一天上午（同前場）

角色：少年，四位少年分身，導演（只說話，不登場）。

【2場之1】

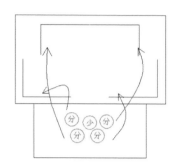

【1】

※放「少年」換場音樂。

※四分身圍在少年身邊做定格姿勢。

少：我很榮幸來參加這個比賽。

少分四：這個您他媽的爛比賽。

少：這個比賽雖然您他媽的爛，但獎金十分不錯。

少分二：整整一百萬美金加五千元新台幣。

導OS：我覺得你應該先自我介紹。

少：介紹什麼？

導OS：我覺得你可以介紹你的名字。

少：我姓少名年。

少分三：英文就是youngman。

※四分身開始移動。

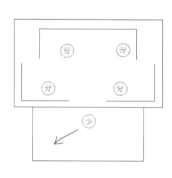

【2】

導OS：youngman是本名嗎？

※「少年」換場音樂收。

少：您他媽的當然不是。

導OS：不好意思，那你的其他基本資料呢？

少：（向右斜前移動）您還想聽什麼？

導OS：什麼都可以，例如我對你的穿著蠻有興趣的。

少：很多人都說我很有個人風格。

※少年梳頭。

※分身瞬間做大動作定格到定位。

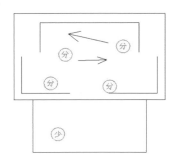

【3】

導OS：你胸前的紅玫瑰是裝飾嗎？

少：不是。

導OS：那是？

少：這是拋棄我的父母留給我的。

導OS：你被拋棄？

※分四與分三經過時，分四絆倒分三。

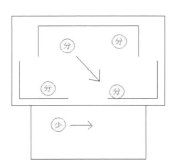

【4】

少：（向台中走去）我出生就被拋棄。

導OS：為什麼你出生就被拋棄？

※分身四欲打分身二。

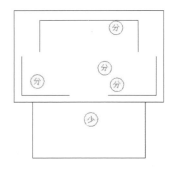

【5】

少：您他媽的那時候我剛出生是個嬰兒我怎麼會知道呢。

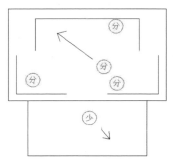

【6】

導OS：不好意思，請繼續說下去吧。

少：（向左前移動）我今年十八歲。

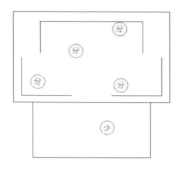

【7】

導OS：你有點老成。

少：擅長國台客英四種語言。

導OS：請示範。

少分四：您他媽的（國）。

少分二：您他媽的（台）。

少分一：您他媽的（客）。

少分三：您他媽的（英）。

※少年配合各個角色擺姿勢動。

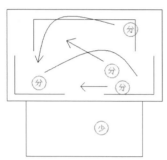

【8】

導OS：的確相當標準，請問你為什麼來參加這個徵選？

少：我認為現今的社會極度腐敗，需要一個公眾英雄，出現在螢幕上教導年輕人適當的禮儀。

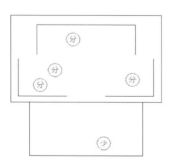

【9】

導OS：你認為殺人犯這個角色能教導年輕人怎樣適當的禮儀呢？

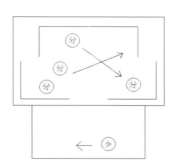

【10】

少：我會教他們怎樣的人該殺，（向右走）怎樣的人不該殺。

※分身二偷打分身三，分身四想掐死分身一卻無效。

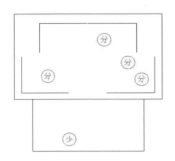

【11】

導OS：聽起來很有建設性，如果你真的確定能演出這個角
　　　色，你會把獎金拿去做什麼？

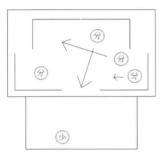

【12】

少：重建收留我的孤兒院。

導OS：孤兒院的待遇好嗎？

少：（有點生氣）我不回答私人問題。

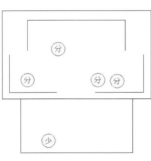

【13】

少分四：您他媽的關您屁事（國）。

少分二：您他媽的關您屁事（台）。

少分一：您他媽的關您屁事（客）。

少分三：您他媽的關您屁事（英）。

※少年配合各個角色擺姿勢動。

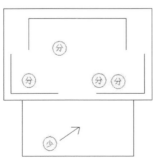

【14】

導OS：你也能問我一個私人問題。

少：這次徵選的得獎者可以獲得一百萬美金加五千元新台
　　幣，（向台中走）那麼請問那一百萬美金加五千元新台
　　幣是怎麼來的？

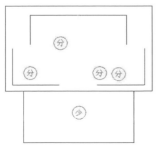

【15】

導OS：那一百萬美金加五千元新台幣包括從小到大額外
　　　的零用錢還有省吃儉用的餐費車錢以及地上撿來
　　　的幾塊銅板和工作賺的微薄薪水跟最近繼承的一
　　　筆遺產。

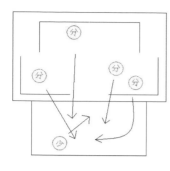

【16】

少：就為了這個您他媽的爛比賽？

※四分身慢慢靠近少年。

導OS：這是我的夢。

少：尋找殺人犯是您的夢？

導OS：你的夢是什麼呢？

少：沒有。

導OS：沒有嗎？

少：沒有。

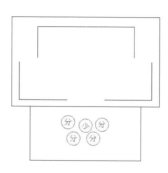

【17】

※四分身回到一開始的姿勢。

導OS：好吧，最後一個問題，你覺得人為什麼要殺人呢？

少：當然是因為該死的人太多了。

少分身們：太多了……太多了……太多了……如果不是因
為被人遺棄，誰會殺人？

【2場之2】

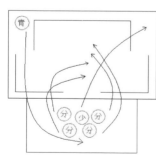

【1】

※少年下場。青年上場，動作扭捏，表情苦惱，分身在青年後方排成一
直線。

※放「青年」換場音樂。

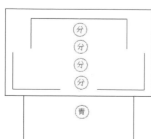

【2】

導OS：你看起來很緊張。

青：有嗎？

導OS：我覺得有。

青：我我我不是故意的。

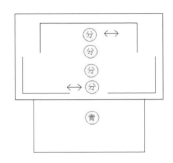

【3】

青分一：我不是說過不要來了嗎？

※走出，講完台詞，速回。

青分二：就算我們來了也不會被選上。

※走出，講完台詞，速回。

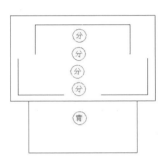

【4】

導OS：不用緊張，放輕鬆。

※青年坐下盤腿，雙手比蓮花指，念經，分身擺千手觀音的姿勢。

導OS：請問你在？

青：我在放輕鬆。

※「青年」換場音樂收。

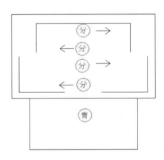

【5】

導OS：你現在放‧輕‧鬆‧了嗎？

青：放-輕-鬆-了。

※分身們開始打太極拳。

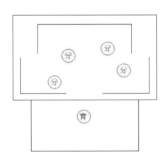

【6】

導OS：很健康的休閒活動，請自我介紹。

青：我叫青年。

導OS：你和少年是什麼關係？

青：少少少年是誰？

導OS：您他媽的那位。

青：喔！我我不認識其他參賽者，我們在今天之前都沒見過。

導OS：可以先請你站起來說話嗎？

青：可以。

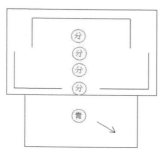

【7】

※青年起身，分身們迅速排回青年後方。

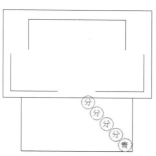

【8】

導OS：請你繼續介紹自己。

※青年邊走邊說，分身跟在後。

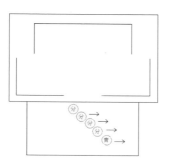

【9】

青：我叫青年，三十八歲，個性膽小懦弱，不曾見義勇
　　為，沒有任何演出經驗。

【10】

※青年一轉身，分身在後排成一排，留下青分二。

青分二：興趣是做資源回收。

※青分二說完回位。

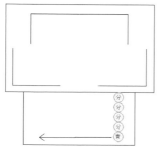

【11～12】

導OS：既然沒有任何演出經驗，怎麼會來參加徵選？

※青年動，分身跟成一排。

青：就是沒有任何演出經驗，（向右側走）我才想一生至少
　　要參加一次演出，這樣我才死的瞑目。

【11～12】

【13】

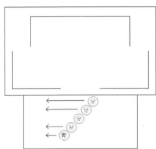

※青年一轉身，分身在後排成一排，留下青分四。

【14】

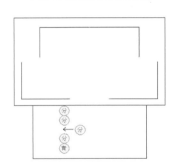

青分四：我得了肺癌，只剩六個月能活。

※青分四說完回位。

【15】

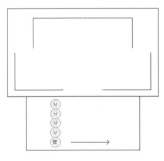

導OS：你從小就想要演出嗎？

青：事事事實上……

※青年動，分身跟成一排。

青：我是醫生，因為判斷失誤，

【16】

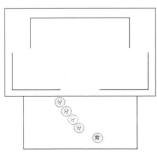

※分身聽到後驚嚇，定格不動。

青：害死了一位立志成為演員的一百零五歲人瑞，

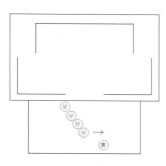

【17】

青：所以我想替他完成心願。

※分身聽完後感到放心後回到青年後方。

導OS：節哀順變。

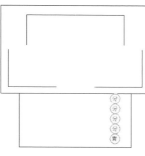

【18】

青：其其其實，這這朵黃玫瑰是為他戴的。

※指身上的玫瑰花。

導OS：如果你得到演出的機會，第一件要做的事是什麼？

青：為人瑞上香。

※青年跟分身做拜拜動作。

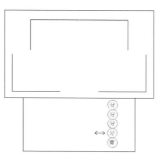

【19】

※分身一走出。

青分一：獎金的一百萬美金加五千元台幣還可以賠償人瑞
　　　　的家人。

※分身一走回，青年跟分身收回拜拜動作。

導OS：你覺得殺人犯這個角色適合你嗎？

【20】

青：我我我不知道。

※青年與分身陸續開始緊張衝出又衝回，留下分身三不動。

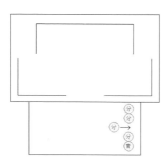

【21】

青分三：你害死了人瑞，你就是殺人犯。

※指著青年罵，青年感到驚嚇。

※分身三說完後回位。

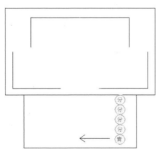

【22】

導OS：差不多了。

青：什麼差不多了？

※青年走向右側。

【23】

※分身緊跟且緊張且惶恐的看著四周。

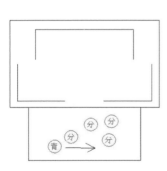

【24】

導OS：徵選差不多了，可以請下一位進來。

青：沒沒沒了嗎？

導OS：嗯。

青：導演，我我我是不是表現的很不好？

※青年向左移動。

導OS：跟您他媽的那位比起來算旗鼓相當。

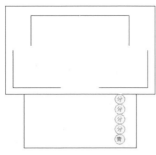

【25】

※分身聽完後回到青年後方。

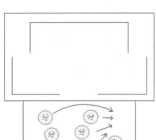

【26】

青：導演，那我可以問你一個問題嗎？

※青年先衝出。

導OS：請問。

※四分身圍在青年身邊好奇看著四周，定格。

青：我我我想請問，

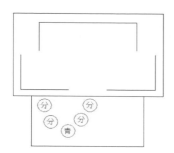

【27】

青：為什麼獎金是——

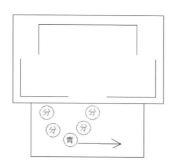

【28】

青：（向左走）一百萬美金加五千元新台幣？為什麼不乾脆
　　取整數一百萬美金呢？

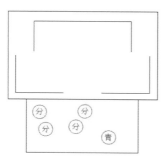

【29】

※青年緊張狀，拿出煙盒，看裡面沒菸又收起來。

導OS：如果給一個人一百萬美金，他可能會不知道該從何
　　　花起，但多了五千元新台幣，他就可以從五千先
　　　花，買一樣自己最想要的東西，

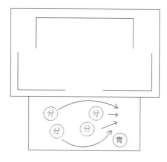

【30】

※分身回到青年身後。

導OS：換句話說，其實只有五千元是他需要的。你呢？你
　　　最需要的是什麼？

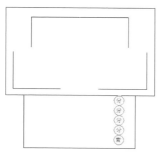

【31】

青：可能是菸吧。

導OS：最後一個問題，你覺得人為什麼要殺人呢？

青：我我我想是因為誤會，人與人之間本該和平相處，

【32】

青：阿彌陀佛。

※青年蹲下，分身排出蓮花隊形，開始轉動。

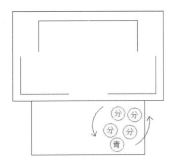

【33】

青分們：如果不是因為走投無路，誰會殺人？

【2場之3】

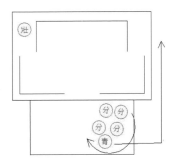

【1～2】

※青年下場。

※壯年上場，擺出自豪的姿勢，分身排換場隊形。

※放「壯年」換場音樂。

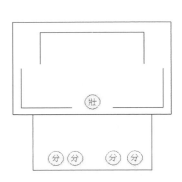

【1～2】

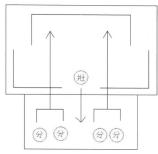

【3】

壯年：阿哈哈哈哈哈哈哈哈哈哈……。

※壯年邊笑邊向下舞台走。

※分身往上舞台走。

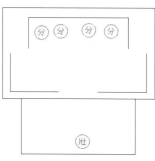

【4】

※分身擺姿勢①定格。

導OS：你還好嗎？

壯：還好。

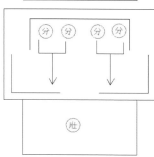

【5】

壯：阿哈哈哈哈哈哈哈哈哈……。

※分身移動。

導OS：有什麼好事發生嗎？

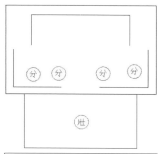

【6】

壯：一定要有好事發生才能笑嗎？

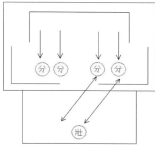

【7】

壯：阿哈哈哈哈哈哈。

※分身三走到壯年旁。

壯分三：他在試探我（講完回位）。

導OS：所以你只是隨便笑囉？

※分身四走到壯年旁。

壯：我不是隨便笑而已，我是在展現演技。

壯分四：厲害吧（講完回位）。

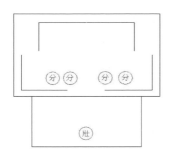

【8】

導OS：你的演技不錯，但這齣戲從頭到尾都沒有笑的鏡頭。

壯：你要我哭也行。

導OS：哭。

※分身們換「哭」的姿勢。

※面無表情十秒後說話。

導OS：現在很流行玫瑰花嗎？

※分身擺姿勢②定格。

壯：你問我流行是什麼沒錯就是我。

導OS：你的玫瑰花也有什麼故事嗎？

壯：什麼？大聲點我聽不見

導OS：我說，你的玫瑰花也有什麼故事嗎？

※「壯年」換場音樂收。

壯：為了紀念一個人。

※分身擺姿勢③定格。

導OS：誰？

壯：我死掉的外婆。

導OS：你外婆是怎麼樣的人？

壯：喜歡白玫瑰花的人。

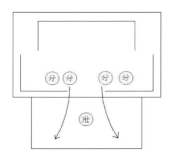

【9】

導OS：看的出來。

壯：阿哈哈哈哈哈哈哈。

※分身們走到下舞台，站定位後擺姿勢④定格。

【10】

導OS：你還在展現演技嗎？

壯：沒有，我只是怕冷場。

導OS：你還蠻專業的。請自我介紹。

壯：我叫壯年，我愛笑，大家都說我笑起來很迷人。

分身們：好迷人。

※分身擺「好迷人」姿勢。

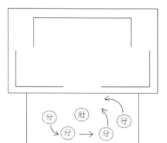

【11】

※講完後走到左下舞台排成一排。

導OS：就這樣嗎？

壯：就這樣。

導OS：冒昧請問你入獄前的職業還有現在的年齡？

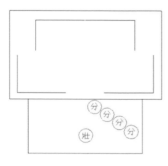

【12】

壯：我是葬儀社老闆，年齡

※分身將耳朵靠向壯年。

壯：……秘密

※分身擺「噓」姿勢後再擺⑤姿勢。

導OS：請你說說參加徵選的原因。

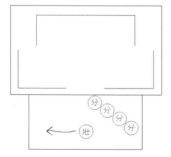

【13】

壯：我喜歡演戲（向右走）

壯：也喜歡笑，我剛才說過我笑起來很迷人了嗎？

導OS：說了。

※分身擺姿勢⑥定格。

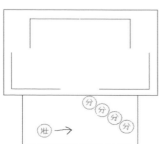

【14】

壯：我故意問你，好讓我再說一遍。啊哈哈哈哈哈哈哈
　　哈哈哈。

導OS：那麼多角色能演，你為什麼想演殺人犯呢？

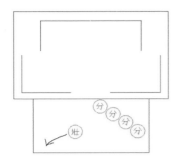

【15】

壯：雖然我的家族世世代代都是殯葬業者，（向右前走）但我對死人一點興趣都沒有，我參加過各種角色的徵選，

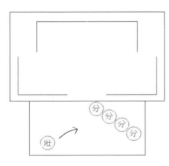

【16】

壯：有一次為了試鏡，（走向台中）我連我外婆的屍體都來不及火化，就連夜趕路去參加徵選，我才不管是什麼角色，只要能讓我紅就好。

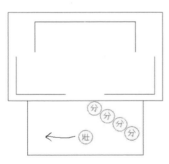

【17】

導OS：你是為什麼入獄呢？

壯：有一次我把四具屍體的家屬搞混了。

※壯年生氣的走向舞台右側。

導OS：這樣就被告嗎？

壯：我還把屍體跟家屬搞混了。

※分身擺姿勢⑦定格。

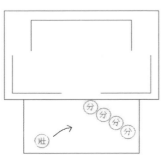

【18】

導OS：原來如此，你為什麼那麼想紅呢？

壯：（走向台中）你又為什麼想當導演呢？都已經有一百萬美金加五千元新台幣，你還嫌賺不夠阿？

導OS：就算我有一百萬美金加五千元新台幣，沒有演員，戲還是拍不成。

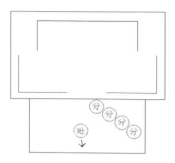

【19】

壯：（走向台前）我就是你需要的演員，

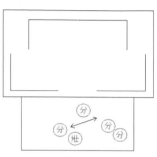

【20】

壯：我不但能揣摩殺人犯，

※分身四走到壯年旁。

我還能揣摩一個不笑就迷死人的殺人犯。

※分身擺姿勢⑧定格。

壯分四：只要是主角，管他是殺人狂還是殺人狂的狗我都
演，旺旺。

※分身四講完回位。

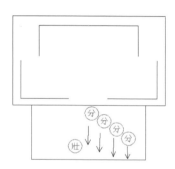

【21】

導OS：最後一個問題，你覺得人為什麼要殺人呢？

壯：啊哈哈哈哈哈哈哈哈哈哈哈。（面無表情）我不知道。

※四分身走向舞台前沿。

壯分們：如果不是因為自私自利，誰會殺人？

【2場之4】

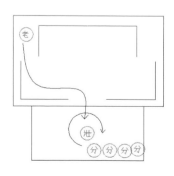

【1】

※壯年下場。

※老年上場，

分身排換場隊形，圍在老年身邊。

※放「老年」換場音樂。

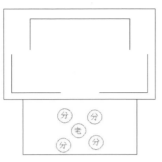

【2】

導OS：你的造型讓人眼睛為之一亮。

※「老年」換場音樂收。

老：眼睛亮可以去看醫生，我知道一家不錯的醫院。

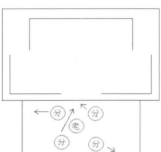

【3】

※分身像老人般的開始緩慢移動，各自做各自特定疼痛部位。

導OS：打扮的這麼前衛，請問你之前從事的行業和藝術相
　　　關嗎？

老：我年輕時搞過速食業。

老分二：好漢不提當年勇。

導OS：是在你退伍之後嗎？

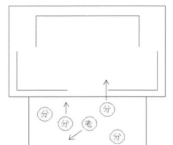

【4】

老：（走向斜前方）我沒當過軍人。

導OS：不好意思。

老：我呸！你們這些年輕人都把老人歸成一類，好像老人就
　　　一定要活在過去，一定要談論戰爭時立下的功績……

老分四：二次大戰

老分二：越戰

※老年蹲下手抱頭做苦惱狀。

老分三：八年抗戰

老分一：八二三炮戰

老分四：星際大戰！

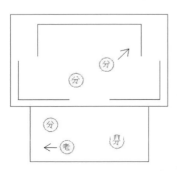

【5】

老：……沒有那麼多啦！

※老年站起身。

老：坐計程車時還會和司機為了政治吵架，最後被司機趕
　　　下車只能改搭捷運（向右走），

※四分身持續緩慢移動。

※分身一、二在下舞台，三、四在上舞台。

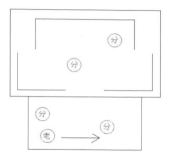

【6】

老：遇到博愛座有年輕人佔位就使臉色給他看。

※老年使臉色給台下觀眾看。

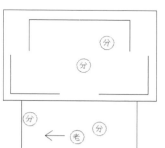

【7】

導OS：這些事你都沒做過嗎？

老：我曾經被司機趕下車。

導OS：那一定不好受。

老：我也曾經把司機趕下車。

導OS：算是扯平了。

老：呸，你怎麼光問些無關緊要的事阿？

導OS：不好意思，請問你為什麼來參加徵選呢？

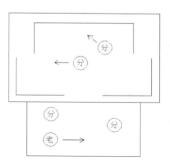

【8】

老：（走向台中）我什麼大風大浪都見過了，就是沒殺過
　　人，非常遺憾。

導OS：沒殺過人？那你之前是為什麼入獄呢？

老：因為太可惡。

導OS：怎麼可惡？

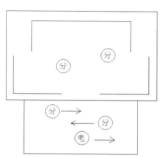

【9】

※老年移動。

老：（走向台左）我在家鄉聲名狼藉，惡名昭彰，但是因為想
　　要重新做人，就偷渡到這裡準備重新開始。

導OS：然後呢？

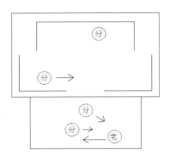

【10】

老：（又走回台中）結果我因為偷渡被抓。

導OS：你在被抓之前做過什麼壞事？

老：在速食店打工。

導OS：這算壞事嗎？

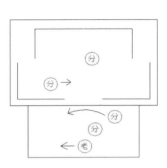

【11】

※老年移向台右。

老：我收錢的時候都會少找錢給客人。

導OS：嗯……好壞。

老：有人發現我就跟他說：小姐不好意思本店加收服務
　　費呦。

※老年臉上堆著親切笑容。

導OS：這招人人通吃嗎？

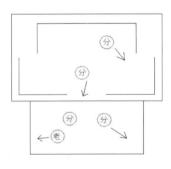

【12】

※老年思考似的在向又移動。

老：我年輕的時候很清秀。

導OS：你是說嬰兒時期嗎？

老：如果對方硬要找碴，

※分身三上前欲打分身一。

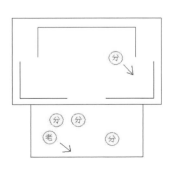

【13】

老：我就說（台語）人客歹勢，為了你的安全加收服務費。

導OS：你在那裡工作多久？

老：（向斜左走至台前）沒有很久。

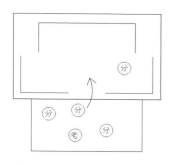

【14】

導OS：之後你做了那些工作？

老：計程車司機。

分身們：嘿嘿TAXI你開往何處？

※四分身駕駛方向盤搖擺狀。

導OS：你常把客人趕下車嗎？

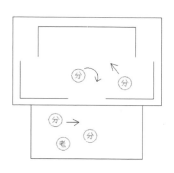

【15】

老：（向右走一步）我也常被趕下車。

導OS：如果你得到獎金一百萬美金加五千元，你想做些
　　　什麼？

老：蓋一間速食店，好好做人。

※四分身開始緩慢向老年移動。

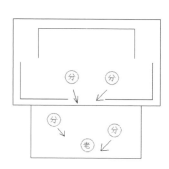

【16】

導OS：最後一個問題，你覺得你會殺人嗎？

老：有標準答案嗎？

※燈光變化。

分們：如果不是因為一時糊塗，誰會殺人？

※分身三手伸向老年，燈光收。

　　　　　　　※燈暗。

導OS：現在徵選已經結束，在我揭曉……

※槍聲。

※旁白尖叫聲。

旁OS：他死了！

眾人OS：誰？

旁OS：導演死了！！！

第三場　誰開的槍

地點：監獄一角（同前場）　　　　　時間：某年某月某一天下午

角色：少年，青年，壯年，老年，旁白。

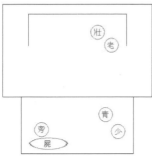

【1】

※換場音樂進，燈亮後音樂漸收。

※燈亮。

※旁白跪在地上，抱著蒙上白布的導演屍體痛哭。

※四人好奇的看著旁白一舉一動。

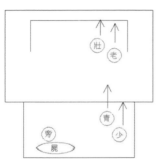

【2】

旁：是誰開的槍？

※旁白站起身，拿槍指著四人，四人驚嚇的往上舞台躲。

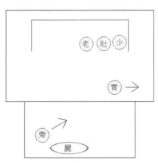

【3】

少：您他媽的不要隨便拿槍指人。

※四人到上舞台時燈光變化。

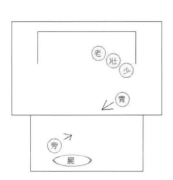

【4】

旁：都還沒正式演戲，你們就殺了導演，快說，是你們一起聯手嗎？

青：旁旁旁白小姐，我們要怎麼殺導演？

※旁白拿槍指向青年，青年退後。

旁：你們剛剛每個人都各拿了一把槍不是嗎？

※大家把槍從口袋拿出來。旁白指向眾人。

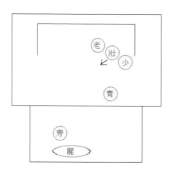

【5】

青：但但但是我們沒有必要殺他阿！

※旁白拿槍槍指向青年，青年退後。

壯：而且我們連獎金一百萬美金加五千元新台幣都還沒
　　拿。

※旁白拿槍槍指向壯年，壯年退後。

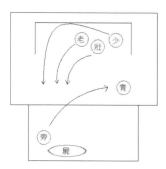

【6】

旁：你們這群人渣什麼事都做的出來。

※走向上舞台，挾持青年，另外三人逃向右舞臺擺姿勢定格。

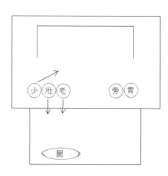

【7】

青：旁旁旁白小姐，冷靜。

旁：我是旁白小姐，不是旁旁旁白小姐，

※槍揮向三人，三人倒地。

旁：你連話都說不好嗎？

青：我我我……。

旁：不要狡辯。

青：我沒有要狡辯！

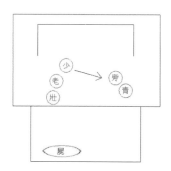

【8】

少：他沒有要狡辯。

※槍指向少年，少年退後。

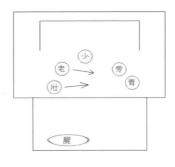

【9】

壯：你沒有要狡辯嗎？

※槍指向壯年，壯年退後。

老：狡辯什麼？

※槍指向老年，老年用手指抵柱槍口

把槍轉向青年。

旁：你為什麼殺了他？

※槍指向青年，青年退後。

青：我沒有殺他！

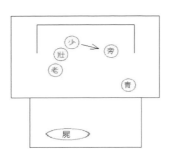

【10】

少：他沒有殺他。

※槍指向少年，少年退後。

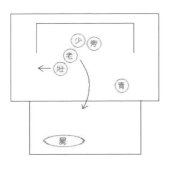

【11】

※槍指向壯年，壯年問眾人。

壯：那是誰殺的？

老：誰被殺？

眾人：你瞎了嗎？

※大家指著導演屍體。

※老年走向屍體。

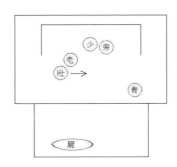

【12】

※壯年走向台中間，與老年錯位。

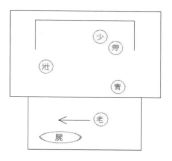

【13】

※老年走至屍體旁，仔細看屍體再回位。

老：哦！老花眼。

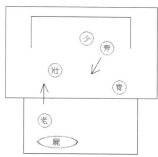

【14】

旁：（向前走）言歸正傳，我最恨別人說謊。

青：我沒有說謊！

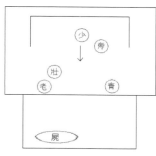

【15】

少：他沒有說謊。

※少年與旁白對峙。

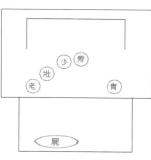

【16】

※壯年問眾人。

壯：那是誰在說謊？

青：我不知道！啊！！

※青年崩潰似的抱頭叫，壯年與老年也跟著抓狂。

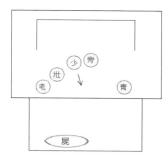

【17】

※少年向前衝出。

少：您他媽的大家冷靜一下，

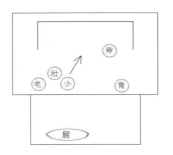

【18】

少：尤其是──（拿出槍指著旁白）──

您這個在室內帶太陽眼鏡的蕭紫某。

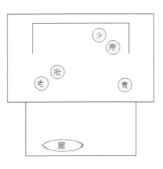

【19】

旁：我忘了。

※旁白把太陽眼鏡拿掉。

壯：啊哈哈哈哈哈哈哈。

旁：你笑什麼？

※旁白槍指向壯年。

壯：一定要有事才能笑嗎？

少：您他媽的閉嘴。

※少年和青年把槍指向壯年。

壯：你們四個聯手欺負長輩。

老：誰在欺負我？

※老人擺特殊姿勢，眾人看老年。

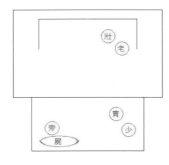

【20】

旁：（走向壯年，對壯年說）你不要忘了你有一張娃娃臉。

壯：娃娃臉有錯嗎？

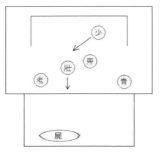

【21】

少：（對旁白說）娃娃臉沒錯。

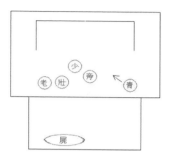

【22】

青：（對旁白說）我同意。

【23】

老：我也有娃娃臉。

※老人又擺出特殊姿勢，眾人再看老年。

※少、青、壯一起把槍指向旁白。

旁：我只是長的比較成熟阿！

少：這不是重點！

青：的確不是。

壯：重點是什麼？

老：不太清楚。

※老年顯出疲憊彎身下去。

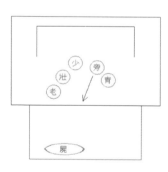

【24】

旁：（向前一步）重點是誰殺了導演。

老：（老年突然站直身體）謝謝提醒。

少：導演死了。

青：那就代表？

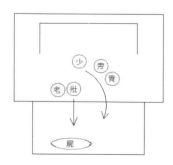

【25】

壯：我的殯儀館又有生意了。

※壯年走向下舞台。

少：您他媽的。

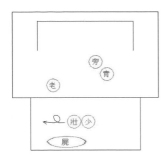

【26】

※少年踢壯年，壯年被踢轉身至右下舞台。

少：代表一百萬美金加五千元新台幣飛了。

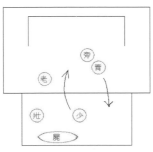

【27】

青：（向前移動）那人瑞沒賠償了！

壯：誰是人瑞？

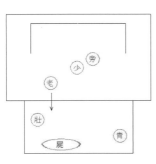

【28】

老：（走向前問壯年）我嗎？

旁：（把槍指向青年）休想轉移話題。

青：（青年緊張）不要把槍指著我。

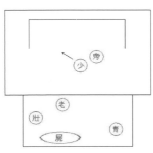

【29】

少：（少年退後）不要隨便指人。

壯：不要指我就好。

旁：（把槍指向壯年）是你殺了導演！

※眾人跟著把槍指向壯年，。

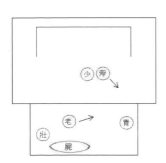

【30】

老：（看著壯年）難怪你長的那麼像殺人犯。

壯：我幹嘛殺他？

少：因為您的葬儀社。

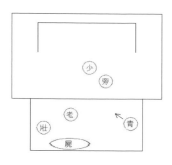

【31】

※青年向壯年走去。

青：一百萬美金加五千元新台幣不是比較好嗎？

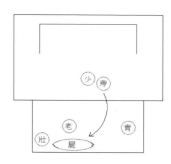

【32】

旁：（走向壯年）只有凶手才像你這樣冷血無情。

壯：只有被我甩的女人才會說我冷血無情。

※壯年用槍輕佻的觸摸旁白的臉。

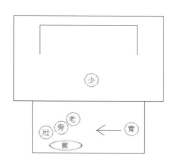

【33】

※青年看著旁白並走向她。

青：妳被他甩？

老：看開點，妳還年輕。

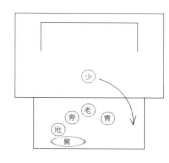

【34】

少：（往斜左前移動）好聚好散。

旁：您他媽的我又不是瞎了狗眼。

青：妳是狗嗎？

老：我年輕時養過一隻神犬。

壯：她也是神犬。

青：哪裡神？

壯：長的挺像人的。

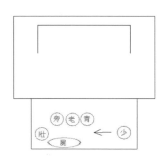

【35】

少：就算是神犬也不能這樣！

※少年向四人走去。

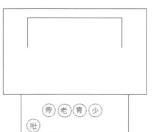

【36】

青：哪樣？

壯：留豬哥亮髮型嗎？

※壯年摸旁白頭髮。

老：挺適合她的阿。

※伸出手，旁白搭在老年手上。

少：您他媽的是不能隨便誣賴人！

※四人一起把槍指向壯年。

壯：你們每次都欺負我。

※壯年亦拿槍指四人。

【37】

青：對不起。

※青年把槍指向旁白。

旁：你敢？

※旁白把槍指向青年。

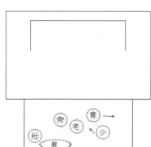

【38】

青：對不起。

※青年把槍指向自己。

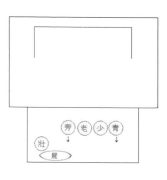

【39】

老：你是不是有癡呆症呀？
　　我知道一家不錯的醫院。

青：我只知道自己有肺癌。

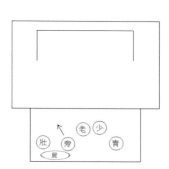

【40】

旁：唉呦！會傳染嗎？

※旁白捏鼻子。

【41】

少：您他媽的沒知識！

※把槍指向旁白，青年跟。

旁：你敢？

壯：為什麼不敢？

※壯年把槍指向旁白。

老：他又沒有癡呆症。

旁：我看兇手一定是你！

※眾人把槍指向老年。

老：我長的又不像殺人犯。

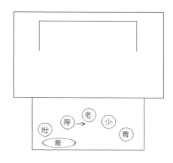

【42】

旁：你一直裝傻，你是在想這樣我們就不會懷疑你了吧！

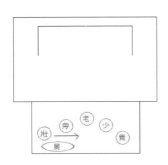

【43】

壯：裝的好逼真。

※壯年移動。

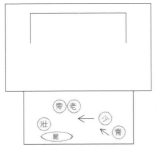

【44】

少：您他媽的，這位先生不會分槍的真假。

※少年向老人走去，並為老人辯解。

青：是是是阿，他也沒有理由殺導演吧？

※青年跟著少年移動，加入為老人辯解行列。

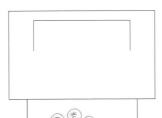

【45】

旁：他可以演戲阿！像你，你不就演的很好！兇手！

※旁白把槍指向少年。

※眾人亦把槍指向少年。

青：為什麼是他？

【46】

壯：因為只有他梳油頭。

※壯年向台中移動，得意的宣布。

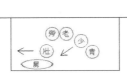

【47】

少：這是個人風格。

※少年走向前並站定、梳頭。

※壯年則往右邊移動避開少年。

※少年把槍指向壯年。

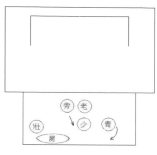

【48】

※旁白把少年手壓下。

旁：你從剛才就叫大家冷靜，這種狀況下除了兇手誰能冷
　　靜？

※旁白對少年說。

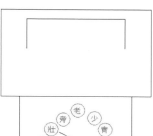

【49】

壯：你們大家看我多放鬆。

※壯年走向台前作輕鬆狀。

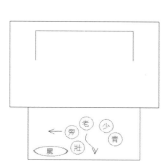

【50】

※老年亦向台前移動。定位後扭動身體邊說話。

老：我有骨質疏鬆。

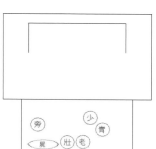

【51】

青：兇兇兇手應該最慌張吧？。

少：您他媽的，如果這樣就是兇手，那妳不是更加可疑。

※眾人把槍指向旁白。

旁：因為我的長相成熟嗎？

壯：還是因為妳的豬哥亮頭？

少：妳是離導演最近的人，而且在我們看到導演屍體的時
　　候，就已經蓋上白布了。

青：也也也許她只是動作比較快？

壯：可以來我的殯儀館工作。

老：時薪比速食業高嗎？

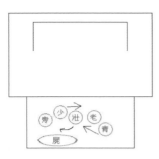

【52】

旁：我的確待過殯儀館。

青：你們是從那個時候開始交往的阿？

※青年上前問，壯年走到旁白身邊，兩人不自覺牽手。

【53】

※壯年和旁白不自覺搖晃牽住的手。

旁、壯：我們沒有……

※兩人看到彼此牽著手驚嚇後放開。

旁、壯：……交往。

【54】

青：（向左前方移動）阿彌陀佛。

少：（向右前方衝出人群）您他媽的，我們一二三閉嘴！

眾人：誰來數一二三？

少：一起數。

老：三！！

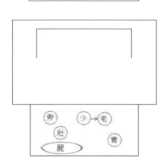

【55】

少：（移向老人，拍老人肩膀）您搶拍了。

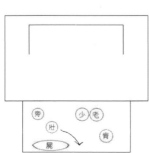

【56】

壯：（走向台前）我比較喜歡數綿羊。

※老年隨即做昏睡狀並發出鼾聲。

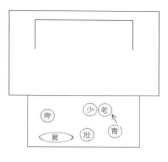

【57】

青：你……你怎麼了（上前搖醒老年）？

老：年紀一大聽到那三個字就想睡。

壯：（故意的）數綿羊嗎？

※老年又做昏睡狀並發出鼾聲。

青：別睡著了（搖醒老年）！

※老年睡倒在地上。

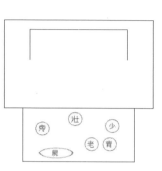

【58】

旁：數什麼綿羊？老年人才做這種事！

※老年發出更大鼾聲。

青：快醒來（搖醒老年）！

少：（走到一旁）一群癡呆。

青：癡呆症患者的年齡有逐漸下降的趨勢，行政院衛生署
　　關心您。

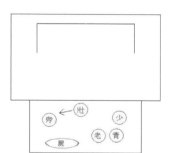

【59】

旁：夠了，你們真的夠了。

※旁白跪在地上哭，把槍指向自己的腦袋。

壯：（走近旁白）你腳痠嗎？

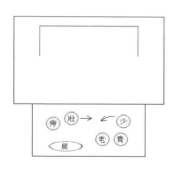

【60】

旁：我求求你們，不要再開口了。

※旁白站起，把槍指向三人。

少：您幹嘛哭阿？不準哭！

※三人拿槍指向旁白。

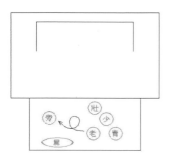

【61】

※老年突然起身，邊跳邊唱到旁白身邊。

老：男人不該讓女人流淚，至少我盡力而為，相信我。

※唱完擺特殊姿勢。

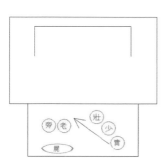

【62】

青：不不不要再說了。

※青年走近老年並搖晃老年。

壯：他是在唱阿。

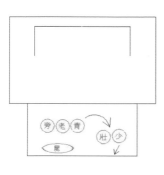

【63】

少：我們還要這樣玩多久？

※少年向前一步。

壯：觀眾都看膩了。

※青年和壯年移動錯開位置。

【64】

眾人同時：什麼觀眾？

壯：沒事。

青：我我我想我們應該先檢查一下屍體。

少：也好，我的脊椎有點痠。

※少年做暖身動作。

老：你這樣還配演少年這個角色嗎？

眾人同時：演什麼？

老：……沒事。

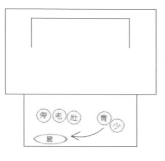

【65】

青：那就由我來吧。

※青年戴上手套走向屍體。

眾人同時：你怎麼會隨身攜帶手套？

青：我是醫生。

眾人同時：喔。

壯：我最恨醫生。

※表情像在回憶一件痛苦的事。

少：請問您要怎麼檢查？

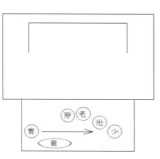

【66】

青：根據我的經驗，我會從導演的口袋裡找找看有沒有槍。

※青年邊走邊想的說。

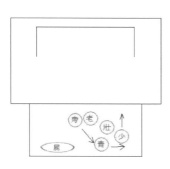

【67】

旁：你是想湮滅證據才藉口接近屍體的吧？

※旁白向前阻攔青年，並拿槍指青年，青、少退後。

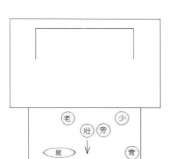

【68】

壯：不要再加詞了，我要回家看電視。

※壯年向前對觀眾說。

眾人同時：加什麼詞？

壯：……沒事。

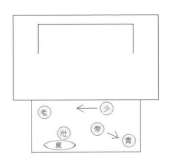

【69】

旁：言歸正傳，我不會讓你接近導演的。

※旁白走向青年。

【70】

青：為什麼？

旁：我剛剛不是說過了嗎？不要把我當癡呆！

老：他只當妳是隻狗。

少：我們五個人僵在這裡也沒用，就交給你吧。

※少年看著青年，把槍指著旁白。

壯：是四個人一隻狗。

※青年走至屍體旁。彎下腰，手伸進白布中，在上衣口袋取出一張紙。

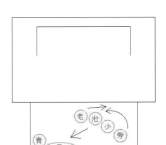

【71】

青：這這這是什麼？

少：您他媽的打開來看不就知道了。

※青年看紙條。其他人向青年擠過去。

青：喔！我還是不知道。

※壯年搶過青年手上的紙。

壯：我來唸。

旁：上面寫什麼？

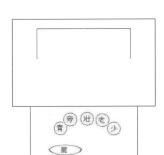

【72】

壯：09逼逼逼逼逼逼逼逼。

※燈光變化。

少：聽起來像是一組被消音的電話號碼。

旁：我沒聽過這組號碼。

老：我覺得是密碼。

青：有可能。

※老年由壯年手上搶過紙條。

少：您他媽的打打看不就知道了。

眾人同時：誰打？

※壯年又由老年手上搶過紙條。

壯：我打！

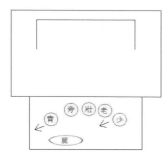

【73】

※旁白由壯年手上搶了紙條。

旁：有其他人要打嗎？

※旁白示意要青年打，青年怯懦地退後。

※少年向前走出一步。

少：我打好了。

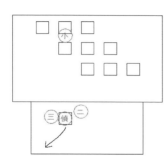

【74】

旁：交給你了。

※旁白把紙條交給少年。

※眾人僵住。定格。

※燈漸暗。

第四場　偵探的電話

場景：偵探社　　　　　　時間：某年某月某一天下午（同前場）

角色：偵探，二姐，三姐，小妹等三位偵探助理。

※換場音樂進。燈亮。

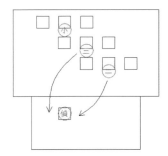

【1】

※一張辦公椅在下舞台，上面坐著偵探，嘴上刁著煙斗。上舞台地上擺滿電話，三姐妹都在後面忙著講電話。

※過幾秒後，傳來電話聲，卻沒人接。

偵：接電話。

※三姐妹聽到後急忙開始找尋地上哪一支電話在響……二姐接到了電話。

二：喂？嗯……是的，好。

※二姐放下電話，走到偵探身邊。

二：今天下午兩點半要見兩個禮拜前跟您預約見面的林小姐。

偵：就是那個懷疑先生外遇的女人嗎？

二：是的。還有……

※三姐走到偵探身邊。

三：偵探先生

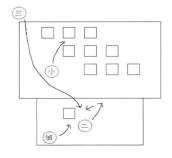

【2】

三：（略帶撒嬌的語氣）請問你要去處理李先生的案件嗎？那件拖了很久的案子，聽說還是找不到兇手。

※偵探起身向前走。

偵：既然拖了很久，代表一定是吃力不討好的工作，妳還用問我嗎？

※偵探回頭看三姐。

三：對不起。

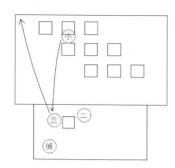

【3】

偵：拿蘋果來。

※三姐離開。小妹黏到偵探身上。二姐向前一步，推眼鏡。

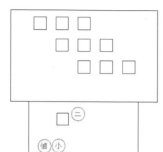

【4】

小：偵探大爺~陳先生打電話來謝謝你，說要請你吃飯。

偵：時間？

小：今天下午兩點半。

偵：我去了。

※小妹正要高興地離開。

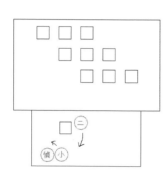

【5】

二：等等！

※二姐衝上前。

二：那你不去處理林小姐的事嗎？

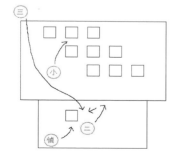

【6】

偵：人賺的夠用就好，不要貪心接一堆案子！

※小妹回到上舞台接電話。

※三姐拿著蘋果上場。

二：喔……好……我幫你取消，

※偵探坐回椅子，二姐轉身往上舞台走又折回。

二：對了，還有……。

※三姐端著蘋果遠遠跑來。

三：蘋果來了。

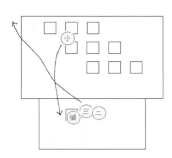

【7】

※偵探拿起盤子上的蘋果，三姐驕傲的看著二姊。二姐有點不服氣地推眼鏡。

偵：（對三姐）妳可以下去了。

※三姐有點失望、難過的表情下場。

※小妹從上舞台走來。

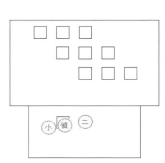

【8】

小：偵探大爺~王小姐要請您吃飯。

※小妹倚在椅子邊，把頭貼到偵探肩上。

偵：什麼時候？

小：也是今天下午兩點半。

偵：妳是白痴嗎？

※小妹感到抱歉，急忙站直身體。

小：對不起……我馬上幫你拒絕。

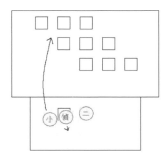

【9】

※偵探起身。

偵：我的意思是叫妳把他們約在同一間餐廳一起請我。

小：（開心地）好~

※小妹回到上舞台接電話。

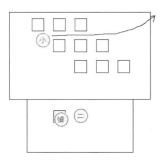

【10】

偵：（看著二姊）妳還站在這裡幹嘛？

二：我還有事要告訴你，有一個人打來問你是誰。

※小妹下場。

偵：你說有人打電話來問我是誰？

二：他的聲音挺字正腔圓的。

偵：把電話拿來。

【11】

二：是的。

※去上舞台拿電話給偵探，並傾身聽電話的內容。

【12】

偵：喂？

少：喂？

偵：喂？

少：喂？

偵：請問你哪裡找？

少：監獄。

偵：找我幹嘛？

少：您是誰？

偵：可以先介紹你自己嗎？

少：我叫少年。今年十八歲，因為出生就被遺棄，所以已
　　經當了十八年的孤兒。

偵：孤兒？

少：換您介紹了。

偵：你可以介紹多一點嗎？

【13】

少：紅玫瑰的事有點長。

※偵探側身背對二姊，好像怕人聽見一般，二姊推眼鏡。

偵：什麼紅玫瑰？

少：拋棄我的父母留給我一朵紅玫瑰。

※燈光變化。

偵：（瞬間起身）留給你什麼？

少：紅玫瑰。

※偵探急忙把電話掛斷，緊張狀。

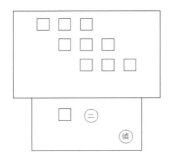

【14】

二：怎麼了？

偵：今年是民國九十七年嗎？

※偵探在舞台上來回走動。

二：我習慣說二零零八。

偵：九十七減十八還剩多少？

二：七十九。

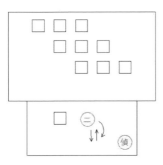

【15】

偵：沒錯……真的是七十九！

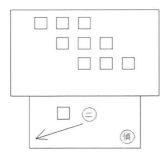

【16】

二：（上前問）七十九怎麼了嗎？

偵：有件事我沒有告訴過任何人，我在七十九年前做過一
件蠢事。

二：什麼？（退後）天阿！你那麼老了？

偵：我說錯了，是十八年前。

二：（再度上前問）你十八年前做了什麼事？

【17】

偵：我把我的小孩丟在孤兒院門口。

二：你為什麼不丟在富豪家門前？

※二姐往右台前移動。

偵：很蠢吧？

【18】

二：這不蠢阿！只是沒良心罷了。

偵：剛剛那通電話，好像就是我的兒子……

二：（上前一步）怎麼確定是你兒子？

偵：我離開他的時候留下一朵紅玫瑰。

二：（陶醉）好浪漫！

偵：是假花。

二：（馬上變臉）好吝嗇！

【19】

偵：（向二姐走去）我原本打算什麼都不留的。

二：為什麼？……等等，先生，這件事和我一點關係都沒
　　有吧？

※二姐坐到椅子上。

【20】

※偵探走向椅子，把蘋果遞給二姐。

偵：拜託！請妳聽我說完，我實在是太震驚了！不知道能
　　跟誰討論這件事！

二：好吧……

【21】

偵：這不是很奇怪嗎？照理來說應該不會有任何人知道這
　　件事！

※偵探斜向前後來回移動。

二：會不會是你夫人說的？

偵：不可能，她生下小孩就死了。

二：您是因為這樣才丟棄小孩的吧？

偵：我太太死了跟我丟小孩有什麼關係？

二：我在幫你找台階下。

【22】

偵：喔，謝謝。

二：不謝。

偵：怎麼辦……

※偵探又斜向左走動。

【23】

偵：我以為和這個小孩再也不會有瓜葛了！他為什麼會打
　　來呢？

二：你剛剛為什麼不問他？

偵：我太緊張了。

二：我幫你按回撥。

※二姐起身欲向偵探要電話過來。

偵：（緊抓住電話）不行！

二：（坐下）那你到底要做什麼呢？

偵：（向右走）等他打來。

【24】

二：你確定他會打來嗎？

偵：不會最好。

二：難道你不想見他一面嗎？

偵：不想！（突然點頭）……想！

二：那你就撥回去阿！

偵：好！（拿起電話）……不好。

二：既然如此，你當初為什麼要丟棄他？

偵：當初……

【25】

偵：當初我太太死了，我又傷心又窮，那時候也還沒當偵
　　探……

※偵探繞著椅子敘述著。

二：你是因為養不起他才把他丟掉阿？

偵：不是。

二：那是為什麼？

【26】

偵：（走向斜左前）我經過路邊想上廁所，把小孩借放在孤
　　兒院門口，結果我回來的時候……

【27】

二：（驚訝地起身向前）小孩被抱走了？

偵：小孩沒有被抱走。

二：小孩到底是什麼時候被抱走的？

偵：小孩一直都沒被抱走。

二：小孩一直都沒被抱走不就沒事了嗎？

※二姐向右移動。

【28】

偵：小孩一直都沒被抱走，只是變成別人的小孩。

※偵探繞二姐身後，靠近二姐。

【29】

二：你的意思是有人抱走你的小孩換成他自己的小孩？

偵：不，小孩被孤兒院的人收留了，那個別人的小孩是後
　　來有人又抱來的。

※偵探用手勢比劃著。

二：你怎麼知道？

【30】

偵：（小聲地）我目睹整個過程……

※偵探坐到椅子上。

二：你說什麼？

偵：（大聲地）我目睹整個過程！！

【31】

二：（走向偵探）你為什麼不阻止呢？

偵：我只是想……他被孤兒院收留也許也是一件好事。

二：哪裡好？

偵：比跟著我好。

二：（推眼鏡）有道理。

【32】

※電話響了。※燈光變化。

偵：妳接。

二：我不敢（向左走一步）我也很緊張。

偵：我要說什麼？

二：什麼都別說，等他說。

偵：好（接起電話）。

少：喂？

※偵探不回答。

少：喂？

※偵探還是不回答。

【33】

少：您他媽的掛我電話就算了還不說話。

偵：（生氣，站起身）你罵我？

少：這只是我的口頭禪。

二：口頭禪就這麼犀利，真是虎父無犬子。

少：什麼聲音？

偵：沒事。

少：您剛剛幹嘛掛斷？

【34】

偵：聽我說……這一切對我而言都太突然了！

※偵探走向斜前。再邊聽邊走向台中。

少：您知道我們要找您的原因了嗎？那就好辦了。請您在兩點半之前到人渣監獄，不快點的話屍體可能會爛掉。

偵：屍體？

少：不見不散。

※少年掛斷電話。

【35】

二：（走向偵探）屍體？

偵：妳怎麼聽到的？

二：你按到擴音了。

偵：喔……

【36】

二：看來……（向左前走）他闖禍了！

偵：說不定……（向右前走）是監獄那邊幫他找到我的……

【37】

二：你決定怎麼辦？

※偵探走到椅子邊把菸斗放下。

偵：幫我打電話給陳先生和王小姐，叫他們改天再請我。

※燈暗。

※換場音樂進。

第五場監獄相認

場景：監獄一角　　　　　　時間：某年某月某一天上午（同前場）

角色：偵探，二姐，三姐，小妹。少年，青年，壯年，老年，旁白。

※燈亮。

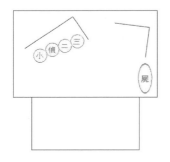

【1】

※偵探和三姐妹站在右上舞台。偵探左手拿水果籃，右手拿煙斗。小妹勾著偵探賴在偵探肩上。三姐看小妹賴在偵探肩上，把頭靠在二姐肩上。

※左上舞台的角落有屍體。

偵：唉……

※二姐把三姐的頭推開。

二：別唉了。你應該要高興才對，可以和他相認是好事阿！

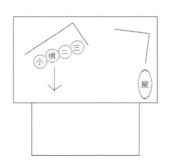

【2】

偵：（向前走）我是覺得吃不到下午茶很可惜。

※三姐妹覺得有些莫名其妙。

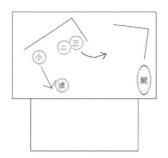

【3】

三：（向監獄走）我們為什麼突然來監獄阿？

小：（走向偵探）因為先生要和他的小孩相認。

※小妹賴到偵探身上。

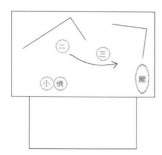

【4】

偵：妳怎麼知道？

小：二姊告訴我的。

※二姐躲到三姐身邊。

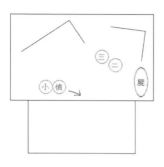

【5】

偵：（看著二姐）我不是說不能告訴任何人嗎？

二：（指小妹）我只告訴小妹而已。

小：（指三姐）我也只告訴三姐而已。

三：（舉雙手）我沒有告訴任何人。

偵：（揮掉小妹的手，向左前一步）算了……我相信妳們不會
　　再告訴其他人。

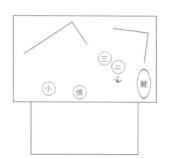

【6】

二：（向前移動）我們也沒有認識其他的人了。

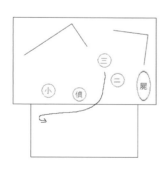

【7】

三：等一下……

※三姐繞過偵探前方往前舞台移動。

大：怎麼了？

三：為什麼偵探和兒子要在監獄相認？

※三姐邊走邊說，說完轉身看偵探。

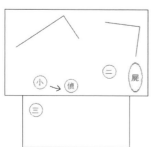

【8】

小：對阿（走向前勾住偵探的手）！為什麼？

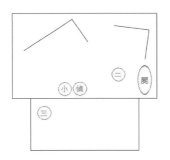

【9】

偵：我也不知道為什麼？

三：你的小孩是犯人嗎？

小：（把頭靠道偵探肩上）他犯了什麼罪？

三：我記得……你沒兒子阿？

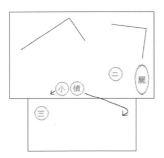

【10】

小：（放掉偵探的手，背對偵探）私生子？

偵：我有兒子一定要告訴妳們嗎？

※偵探有點生氣地向左前移動。

小：（生氣）那為什麼你就告訴二姐？

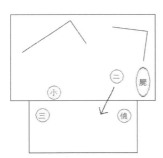

【11】

二：（走至偵探旁）妳以為我很想知道嗎？

偵：好了，妳們現在不是全部都知道了嗎？

三：哪有全部知道？

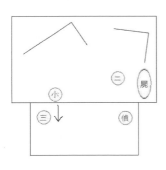

【12】

小：（走至三姐旁）我們是一知半解。

偵：我也是一知半解阿！

※三人莫名奇妙地看偵探。

三：你生的小孩你一知半解？

小：我就知道他是私生子。

※小妹沮喪的低頭，背向偵探。

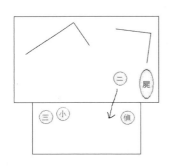

【13】

二：（向前移動靠向偵探）妳們別吵了。

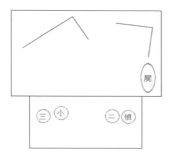

【14】

二：偵探……有他的委屈！

※突然又回神，站直，推眼鏡。

三：（手抱胸）幹嘛幫他說話？

二：我為什麼不能幫他說話？

偵：妳們說夠了沒？

二：（對偵探）我在幫你說話耶！

小：他幾歲？

※小妹撒嬌地搖晃身軀。三人看小妹。

小：我很好奇阿。

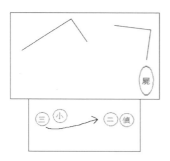

【15】

三：（移向二姐旁）長的好看嗎？

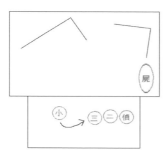

【16】

小：（移向三姐旁）多高多重啊？

三：興趣嗜好？

【17】

二：（向前祈禱狀）希望長的不像你。

偵：怎麼連妳也湊熱鬧！

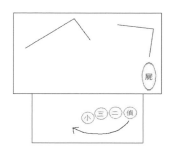

【18】

※偵探看二姊，二姊退後。

※小妹、三姐渾然未覺狀。

小：有錢嗎？

三：有車嗎？

※偵探離開三姐妹，走向右邊。

偵：好了！停！

【19】

偵：誰再說話誰就回家，我自己進去！

※三姐妹作稍息狀。

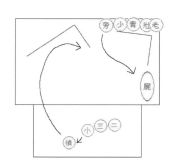

【20】

偵：（看了三姐妹一眼）走吧！

※偵探移動，三姐妹跟上。

※少、青、壯、老年和旁白上場。

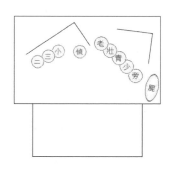

【21】

偵：你們好。

眾人：你好。

偵：請問……

眾人：你問。

偵：你們誰是少年？

眾人：你瞎了嗎？

偵：有點老花眼。

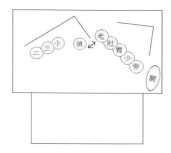

【22】
老：（靠向偵探）我了解！

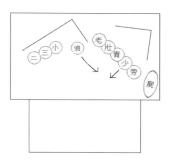

【23】
少：（走向前）我就是少年。
偵：（走向少年）是你？

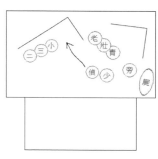

【24】
少：是我。
偵：（退後看清楚）是你？
少：（擺一個帥姿勢）是我。

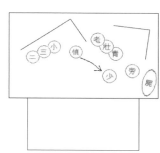

【25】
偵：（靠近少年）是你？

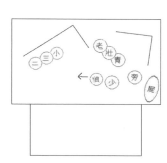

【26】
少：（推偵探）您他媽的您一定是剛剛接電話的人。
偵：是的。

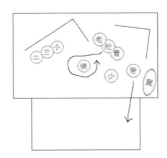

【27】

壯：（繞著偵探看）長的好普通。

旁：（向前走）他和導演有什麼關係？

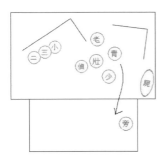

【28】

青：（走至旁白旁）嗯……看不出來……

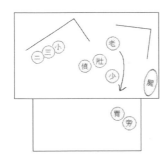

【29】

老：（走向青年旁）說不定他就是……兇手！

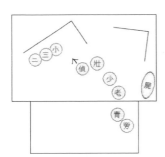

【30】

眾人：（對偵探）手舉起來。

※少、青、壯、老年和旁白拿槍指向偵探。

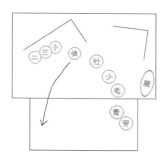

【31】

偵：我手上的這籃蘋果有點重。

旁：帶蘋果來幹麻？

偵：（向前走）我太太和我都很愛吃蘋果，我想……說不定
　　少年……說不定你們也很愛吃。

旁：放旁邊就好。

偵：喔！

※偵探放下籃子，和三姐妹一起舉手。

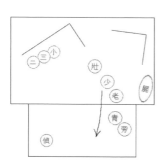

【32】

少：（向前走近偵探）您剛剛說，您知道我們找您的原因。

偵：是阿。

少：那您告訴我們，是誰殺了導演？

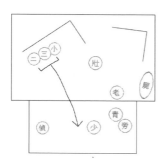

【33】

偵：導演……？

※三姐妹衝上前，小妹把少年拿槍的手壓下。

三姐妹：導演？你們在拍戲阿？有缺演員嗎？

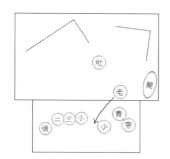

【34～35】

老：※動。我……，不要跟我搶一百萬美金加五千元新台幣。※三姐妹
退後。

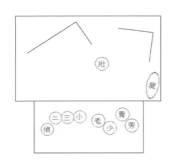

【34～35】

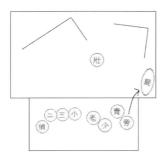

【36】

偵：你……你們說的是哪位導演？

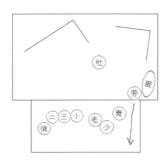

【37～38】

少：奧斯卡導演。

※少年指著被白布包的屍體。

※旁白把屍體拖到下舞台。

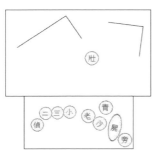

【37～38】

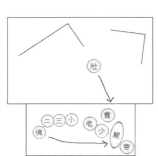

【39】

※跑到被白布蓋住的屍體旁。隨便翻一下白布。

偵：天阿！

旁：（威脅口氣）嗯？

※偵探只好再次掀白布看。

偵：天啊！

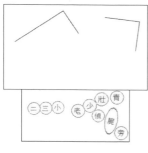

【40】

旁：是你殺了他吧？

※旁白拿槍指向偵探，四人跟著指。

偵：（舉手）我？我怎麼會殺他？他是我童年玩伴！前幾
　　天他才告訴我，他有戲要拍呢！

※偵探躲槍，試圖拍掉每一支手槍。

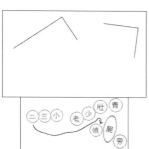

【41】

※二姐衝上前把每隻手揮掉，並帶走偵探。

二：是阿！先生不可能殺人！

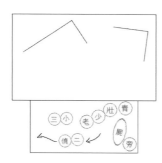

【42】

二：他剛剛都和我們在一起。

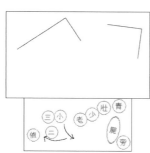

【43】

小：妳這女人不要亂誣賴人！

※小妹也過去拉住偵探的手，保護他。

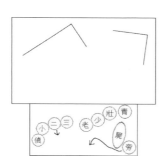

【44】

旁：（走向台前）我為什麼要相信妳們？妳們可能是串通好
　　幫他的阿！

二：（走向前）突然打一通電話來，就說我們是兇手，簡直
　　是莫名奇妙，還有天理嗎？

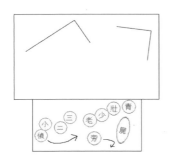

【45】

旁：（向左走再折回）我們在導演的上衣口袋發現一張紙
條，上面寫著09逼逼逼逼逼逼逼逼。

偵：（靠近旁白）是我的電話……！（看著少年）你是因為這
樣才打給我的嗎？

少：不然呢？

※拿槍指偵探，其他人也跟著做。

偵：我以為……我的家庭真可愛，整潔美麗又安康。

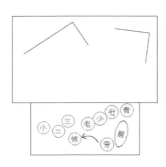

【46】

旁：（靠近偵探）你要怎麼解釋，你的電話為什麼會在導演
上衣口袋？

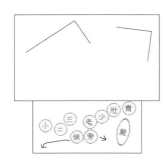

【47】

偵：（走向右前方）前幾天我和他去吃飯的時候，給他我新
的手機號碼，那時候他把它抄在一張紙上。

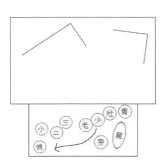

【48】

少：是這張嗎？

※少年拿出紙條給偵探看，又很快收走。

偵：是（想動手拿紙條）！就是那張。

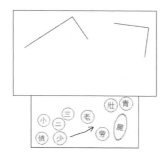

【49】

小：聽到了吧！不要隨便誣賴別人！

※少年走回人渣之中。

三：也不要隨便戴假髮。

旁：妳說什麼！（撥弄頭髮）這是真髮！

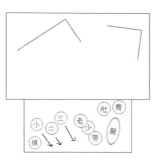

【50】

小：扯扯看就知道真假。

※三姐妹走到旁白前面。

旁：妳們……？

三姐妹：妳……？

旁：（比身高姿勢）妳們……？

三姐妹：（試圖掂腳）妳……？

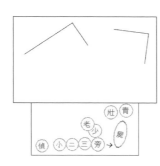

【51】

旁：（退一步）妹妹？！

三姐妹：大姊？！

旁：真沒想到是妳們！

二：是阿……難怪遠遠看妳覺得好眼熟！

※偵探探頭看。

旁：我也覺得妳們三八的感覺好熟悉呢。

三：天阿……我們好久……沒見了。

※興奮轉為臭臉。

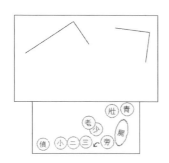

【52】

小：自從妳說妳要當旁白之後，人就不知道死去哪了（作
　　哭狀），我們還幫妳立了牌位。

※三姐妹比拜拜姿勢，看著遠方，眾人也跟著看遠方，旁白跟著目光掃
過，好像突然看到什麼嚇了一跳。

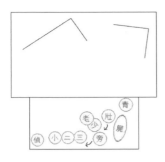

【53】

旁：真不敢相信我們還會再見面！

※四人擁抱。

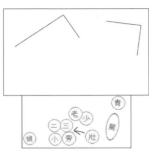

【54】

壯：阿哈哈哈哈哈哈。

※壯年撞開四人。

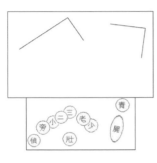

【55】

壯：雖然不知道是怎麼回事不過這通電話打了跟沒打一樣。

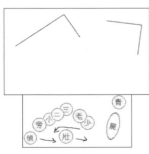

【56】

※偵探走向壯年。

偵：不一樣！

少：（走向偵探與他對峙）那裡不一樣？

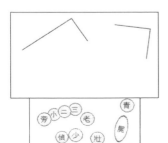

【57】

偵：我的職業是偵探，所以……可以幫導演查出兇手。

壯：那你會拍戲嗎？

偵：拍戲？

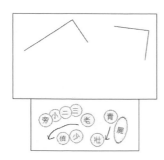

【58】

青：是是是這樣的（走至壯年旁），我們在參加導演的試鏡，但是……才試到一半，導演就死了。

※老年走至偵探旁，搭導演的肩膀。

老：你乾脆來當評審，看要把獎金給誰。

※燈暗。

※換場音樂進。

第六場偵探與法官

地點：監獄一角　　　　　　　時間：某年某月某一天下午（同前場）

角色：法官，偵探。

※燈亮。音樂進。

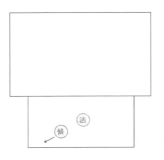

【1】

法：什麼！導演死了！

偵：（向右前方走）沒想到你現在當上法官了。

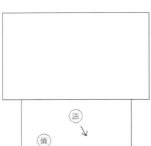

【2】

法：不錯吧？

※法官表情得意的往斜前方移動。突然表情又變嚴肅。

法：現在不是說這個的時候了！

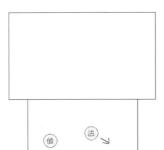

【3】

偵：我還記得我們三個從小就很要好，到高中畢業才慢慢失去聯絡。

法：（向左前方走）是沒錯，但你說這些幹嘛呢？

※音樂收。

偵：我只是覺得可惜，我們三個再相聚的時候，其中一個竟然死了。

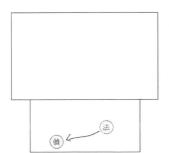

【4】

法：別說這個了，現在外面多少記者在等，你說我怎麼辦（走向偵探邊說）？你不是偵探嗎？想個辦法吧！

偵：你為什麼想知道兇手是誰呢？

法：為什麼？

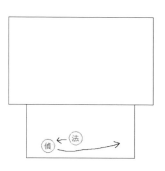

【5】

法：這還用說嗎？在我的地盤裡出了這麼大的事，（心急的在原地打轉）如果找不到兇手，誰來負責？

【6】

偵：（繞過法官向左走去）你以前什麼都不怕的。

法：（向右前走）有了家以後，我什麼都怕。

【7】

偵：（回頭看法官）你變了。

法：（轉頭看偵探）沒有人可以不變。我不像你沒有小孩，（向偵探走去）怎麼能知道我的壓力多大？

偵：我曾經有一個小孩。

法：那你更應該了解我的心情啊！

偵：如果你真的愛你的小孩，就不會有外遇。

【8】

法：（向右走，避開偵探）什麼外遇？

偵：（向右緊跟，靠近法官）林小姐……應該說是林太太，最近請我調查你。

法：（轉頭問偵探）你跟我太太說了什麼？

【9】

偵：（向左走，避開話題）什麼都沒說，我想親自從你口中確認。

法：（轉頭背對偵探）我沒必要跟你談我的私事。

【10】

※燈光變化。

偵：你不談私事？好（轉身走至台中）！那我們來談他，我們最好的朋友死了，你沒有一點難過嗎？

法：你別跟我扯這些（也轉身走至台中）！我有說我不難過嗎？

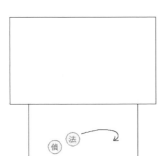

【11】

偵：以前（繞著法官移）我們三個都想當導演，你還記得是因為我們看了一部關於殺人犯的電影嗎？

【12】

法：記得。

偵：結果最後當上導演的只有他一個，我真的很佩服他。

法：是值得佩服（向左走，折回看偵探）我佩服他的僥倖。

偵：什麼僥倖？

【13】

法：他能實現自己的夢，但現在這夢對我來說，（向右走）不但沒有價值，我甚至有點鄙視。

※偵探向左走，與法官錯位。

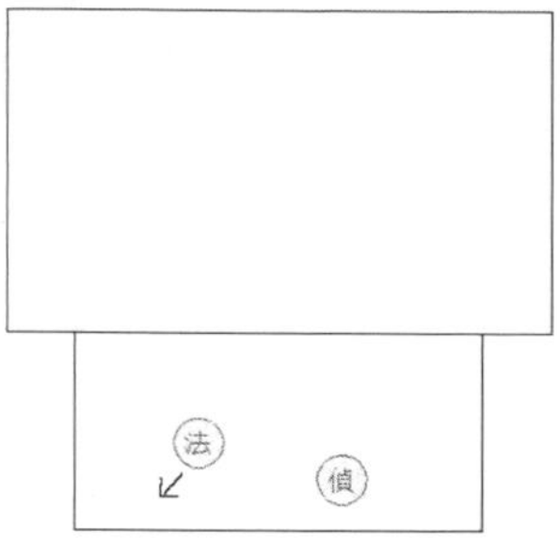

【14】

法：他順利的得到他要的（向斜右前方）！什麼努力都沒付出。

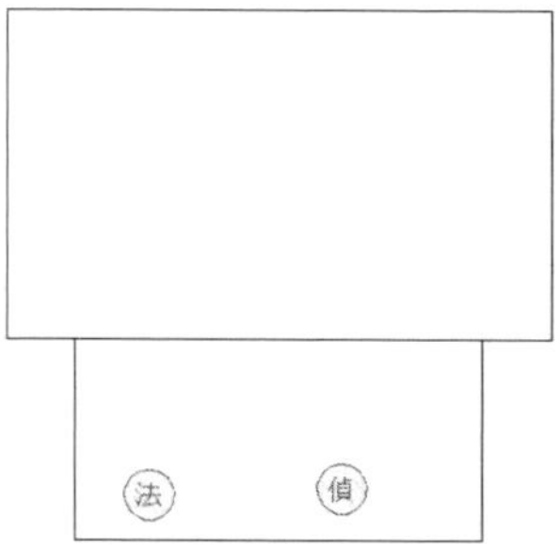

【15】

偵：你怎麼能說他沒有付出努力？

法：我幫了多少人主持正義，我定了多少殺人犯的罪，而他只是拍了一部電影就家喻戶曉，難道這個世界上的人都認為一部電影比數不清的受害者重要嗎？

偵：我不想跟你爭。

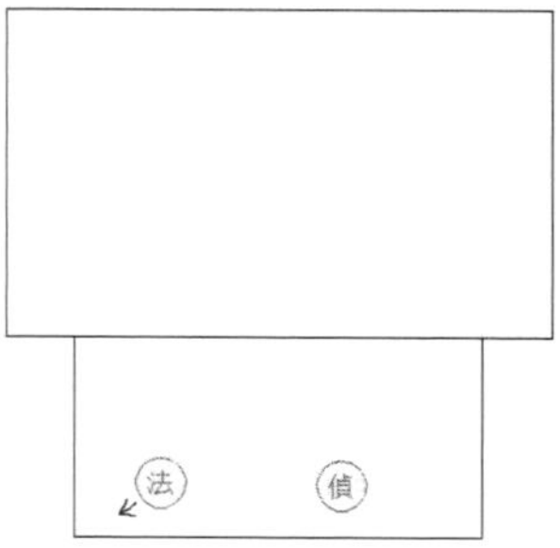

【16】

法：看在我們過去那麼要好的份上，你一句話，幫還是不幫？（背向偵探）不幫就走，我不強迫（向右前一步）。

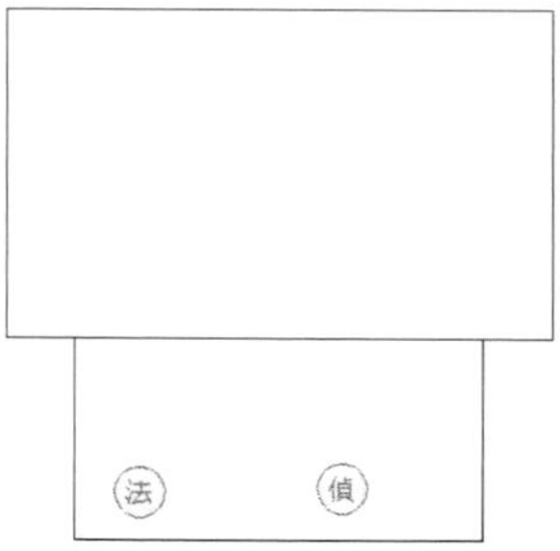

【17】

偵：我——不幫。

法：我沒想到你這麼狠（轉身看偵探）！

偵：狠的是你。

　　　　　　　　　　※燈暗。

第七場調查真相

地點：監獄一角　　　　　時間：某年某月某一天下午（同前場）

角色：偵探，二姐，三姐，小妹。少年，青年，壯年，老年，旁白。

【7場之1】

※換場音樂進。

※燈亮。

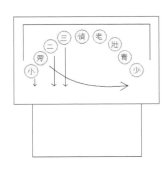

【1】

※少青壯老站一排，偵探三姐妹旁白站一邊

※換場音樂收。

偵：（指旁白）妳，過去！

旁：我也要？

少青壯老：妳也要。

※旁白走過去。

三姐妹：（三人比加油姿勢）大姐加油！

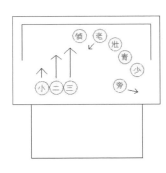

【2】

壯：可以坐下嗎（欲坐下狀）？

偵：不行。

※老人坐下。

偵：你幹嘛坐？

老：老花眼。

全部：這和老花眼有關係嗎？

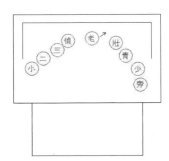

【3】

老：多少有影響（起身）。

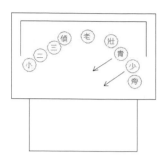

【4】

少：（向前一步）請快點開始。

青：（亦向前一步）不管兇手是誰，我希望大家還是能好好
　　相處。

※全體瞪青年。

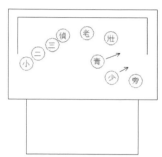

【5】

青：當我沒說。

※青年、少年回。

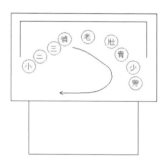

【6】

偵：（繞著人渣邊走邊說）現在你們把槍拿出來。

※全體都把槍拿出來。

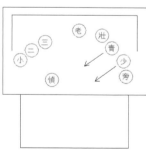

【7】

偵：誰的子彈少一顆，誰就是兇手（定位）。

旁少青壯老：這麼簡單？

偵：不怪你們笨，是我太聰明。

少：（向前一步）一顆。

青：（亦向前一步）我……我也是一顆。

【8】

壯：（亦向前一步）我多一顆。

全：什麼？

※全體驚訝地看壯年。

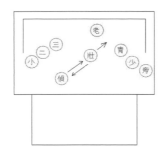

【9】

壯：阿哈哈哈哈哈哈哈騙你們的，一顆。

※壯年走向偵探又走回位。

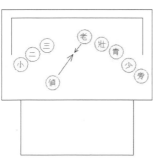

【10】

老：子彈怎麼拿出來？

※老人不會拆槍，偵探走過去幫忙。

偵：你也是一顆子彈。

旁：我也是一顆。

三姐妹：（失望）真可惜。

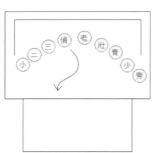

【11】

偵：（邊走邊說）你們手上的槍是導演給的吧？

少青壯老：是。

偵：（對旁白）妳既然不是參賽者，怎麼也會有槍？

三姐妹：對呀！妳怎麼也會有槍？

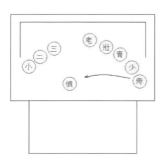

【12】

旁白：我早上當旁白（走向偵探），晚上當警察。

旁白少青壯老：真的是神犬。

偵：有証明嗎？

※三姐妹探頭看。

旁：（旁白拿出警察證）還有問題嗎？

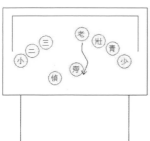

【13】

老：我年輕的時候，警察不能留豬哥亮頭。

旁：這是假髮。

三姐妹：妳不是說這是真髮！

※三姐妹探頭問。

旁：要這麼說也可以。

※旁白把假髮拿下來，髮型竟然一模一樣。

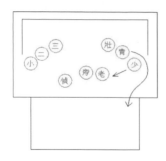

【14】

青：結果……（走向下舞台）結果我們還是不知道誰是兇手。

老：乾脆別找兇手了，我們的戲不是還沒演完嗎？

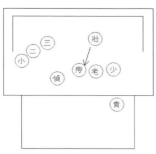

【15】

壯：是啊（看偵探並走向他）！你不是要當評審嗎？

偵：我又沒答應你們。

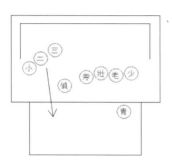

【16】

二：（走向偵探）你不是一直都想當導演？這是難得的機會。

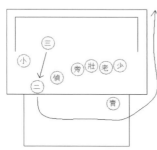

【17】

※二姐走出舞台。

三：（走向偵探）趁這個機會接手說不定您會一舉成名。

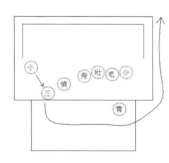

【18】

※三姐走出舞台。

小：（走向偵探）頭條新聞就是知名偵探為已故導演好友拍
　　完人生最後一支電影。

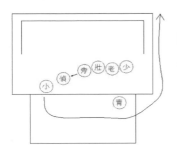

【19】

※小妹走出舞台。

旁：（走向偵探）我相信導演會想把這齣戲拍完的。

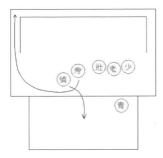

【20】

※旁白走出舞台。

偵：（走向下舞台）我拒絕，雖然聽起來很不錯。不過！這麼做有點賤。

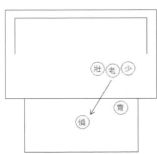

【21】

老：（走向偵探）呸，你真賤！

偵：幹嘛罵我賤？

老：你看，不管你拍不拍都有會有人罵你賤啊。

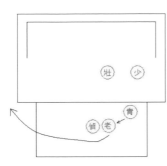

【22】

※老年走出舞台。

偵：真的耶。

青：我我我覺得這個提議不錯。

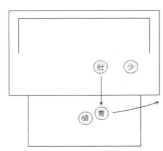

【23】

※青年走出舞台。

壯：（走向偵探）你不能私吞一百萬美金加五千元新台幣喔。

※壯年拿槍威脅偵探，往左舞臺走。

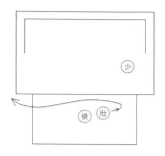

【24】

壯：（突然轉身，向右走出舞台）哈哈哈哈……

【7場之2】

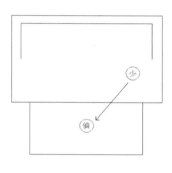

【1】

少：（走向偵探）您他媽的到底當還是不當？

偵：你罵我？

少：這是我的口頭禪。

偵：難道你也覺得我應該要接替導演的位置嗎？

少：應不應該您自己決定。

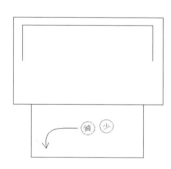

【2】

偵：（走向右側再轉向前方）我不能幫他完成他的電影。

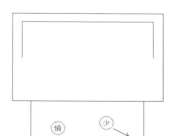

【3】

少：（向右前方）隨便您。

偵：不知道……我們以後還會不會再見？

少：幹嘛再見？

偵：兇手……我已經知道是誰了，我──不能說。

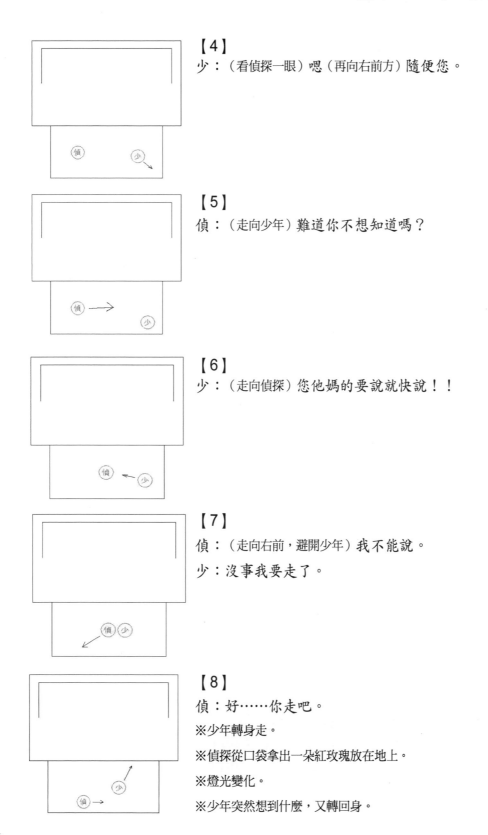

【4】

少：（看偵探一眼）嗯（再向右前方）隨便您。

【5】

偵：（走向少年）難道你不想知道嗎？

【6】

少：（走向偵探）您他媽的要說就快說！！

【7】

偵：（走向右前，避開少年）我不能說。

少：沒事我要走了。

【8】

偵：好……你走吧。

※少年轉身走。

※偵探從口袋拿出一朵紅玫瑰放在地上。

※燈光變化。

※少年突然想到什麼，又轉回身。

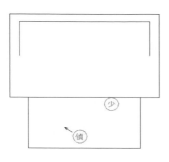

【9】

少：紅玫瑰？

偵：是的。

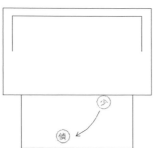

【10】

少：（走上前）假的嗎？

【11】

偵：假的。

少：（撿起紅玫瑰）這是你的？

偵：我的。

少：您為什麼會有？

偵：我每離開一個重要的人，就會留給他們一朵紅玫瑰。

少：您……？

偵：我……？

少：您是……？

偵：是的，我是。

少：您怎麼知道我要說什麼？

偵：我當然知道，您要說我是……

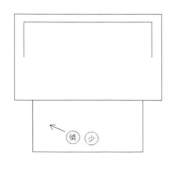

【12】

少：賣花給我父親的人！

偵：（有些失望、生氣）不是！

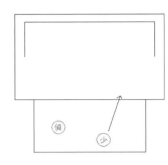

【13】

少：浪費我的時間，再見（轉身就走）。

偵：我就是您的父親。

※少年聽到父親時，定格。

※音樂進。

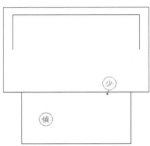

【14】

※少年轉身看偵探。

偵：我就是十八年前把你放在孤兒院門口的父親。

※少年未說話，看著偵探。

偵：你……你沒有話要對我說嗎？

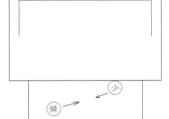

【15】

少：為什麼不把我放在富豪家門前？

※少年走向偵探。

偵：那時候我想上廁所。

※偵探走向少年。

少：你因為上廁所拋下我？。

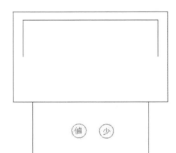

【16】

偵：聽我解釋，我……

少：你……？

偵：我……

少：你……？

偵：我……

少：（唱）你……你知不知道，你知不知道，我等到花兒都
　　謝了。

※少年一手拿著玫瑰，一手拿出槍指著偵探。

偵：（也拿出槍）看來……

少：不是你死（做開槍狀）

偵：（也做開槍狀）就是我活

少：就是都死（做《駭客任務》之被射殺後彎腰狀）

偵：就是都活（做《駭客任務》之被射殺後彎腰狀）

少：就是半死不活（做被射殺抖動狀）

偵：不然就是死了又活。（做被射殺抖動狀）

※音樂收。

※燈暗。

【7場之3】

※燈亮。音樂進。

※青年，壯年在舞台上。

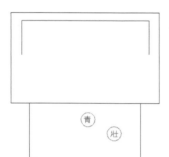

【1】

青：沒有獎金，這下人瑞的賠償該怎麼辦？

※音樂收。

壯：沒有獎金，這下外婆的葬禮該怎麼辦？

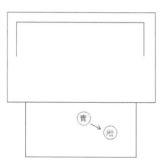

【2】

青：（走向壯年）你是為了外婆來參加甄選的嗎？

壯：是阿，我的外婆去年死了。

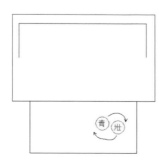

【3】

青：（轉身繞開壯年）真遺憾。

壯：（轉身繞過青年）她活了很久，可惜的是，我沒有見到
　　她最後一面。

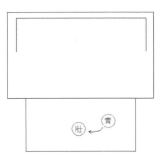

【4】

青：請問（靠近壯年）她年紀大約多大？

壯：一百零五歲。

青：真長壽，

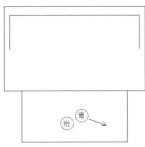

【5】

青：（向斜左方）我去年曾害死一位想當演員的一百零六歲人瑞，現在想想還是好難過。

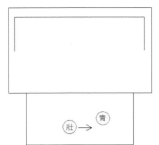

【6】

壯：（靠近青年）我的外婆虛歲是一百零六歲。

青：（停兩秒）好巧。

壯：（停兩秒）很巧。

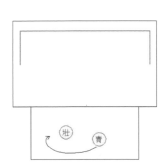

【7】

青：哈，不會那麼巧你的外婆（轉身繞開壯年）也想當演員吧？

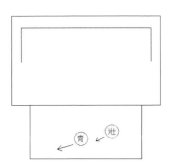

【8】

壯：哈（靠近青年）就是那麼巧我的外婆也想當演員呢。

※青年趕緊避開壯年。

【9】

青：（避開壯年）哇……

壯：（靠近青年）嗯……

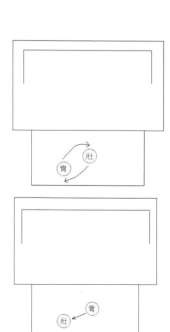

【10】

青：（靠近壯年）怎麼搞的，氣氛好凝重，聊點別的吧！你
手上那朵白玫瑰很美。

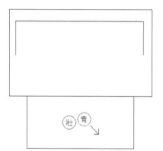

【11】

壯：我外婆最喜歡白玫瑰，所以她死後我就為她戴在身
上，你頭上那朵呢？

青：我頭上這朵黃玫瑰是為了人瑞的死而戴（懷念似地向左
斜前走）。

壯：（停兩秒）很巧。

青：（停兩秒）好巧。

【12】

壯：（靠近青年）那位人瑞是個怎麼樣的人？

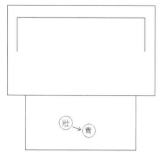

【13】

青：她是個常笑的人（避開壯年）。她有提過自己有一個藝
名叫壯年的孫子，

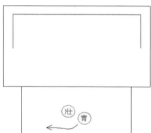

【14】

青：（走向壯年）對了我還沒問過你的名字。

壯：我叫壯年，很巧。

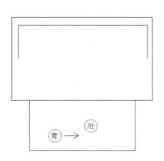

【15】

青：（避開壯年）你叫壯年！好巧。

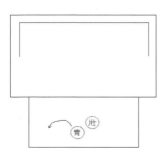

【16】

壯：（逼問青年）你在哪一家醫院工作？

青：（怯懦地）青年醫院。

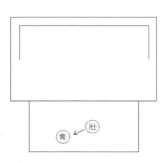

【17】

壯：（離開青年）阿哈哈哈哈哈哈哈哈哈哈哈。

青：（跟著壯年）什……什麼事那麼好笑？

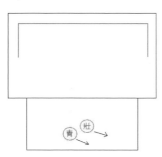

【18】

壯：這次不巧，我外婆住的是專治腫瘤的醫院。

青：青年醫院就是全國唯一，一家專治腫瘤的醫院。

※青年避開壯年，壯年緊跟。

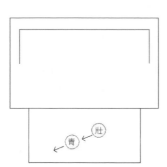

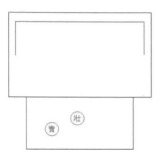

【19】

壯：那它幹嘛叫青年醫院？

青：我沒問過。

壯：（拿槍出來指著青年）你為什麼不問？

青：（也把槍拿出來指壯年）我沒想過。

※燈暗。

※音樂進。

【7場之4】

※燈亮。

※音樂收。

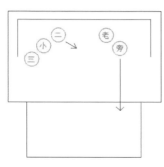

【1】

※老年，旁白，三姐妹，四姐妹都手抱胸。

旁：妳們實話實說，找我有什麼事？

二：妳說什麼？我們不是突然相遇的嗎？

旁：（向下舞台走）演戲也要演的好一點。

三：我都演女主角阿。

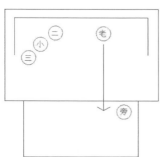

【2】

老：（跟著向下舞台走）我年輕時都演男主角。

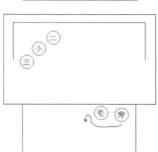

【3】

旁：（向右走再轉向前）自從我離開家之後。我知道妳們一直
在找我，現在找到了，說吧，妳們想幹嘛？

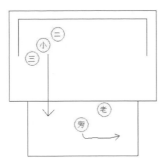

【4】

小：（向下舞台走）我就直接說了，

※旁白見小妹走過來，又再轉向左側。

小：我們想要妳離開那個人渣，放棄妳現在的工作。

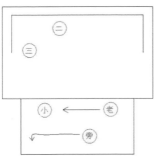

【5】

老：（走向小妹）為什麼？當警察可以賺很多錢耶！

旁：（走向右舞台前）這是不可能的。

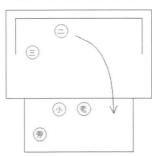

【6】

二：不可能也得可能，（走向左舞台前）這關係家裡名譽。

小：不要丟光家裡的臉。

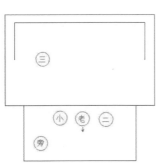

【7】

老：（問小妹）妳們家在做什麼？

小：速食業。

旁：我有我自己的計畫，從我離開家之後（轉身對小妹說）我就和妳們沒關係了。

※旁白轉身背對妹妹們。

二：妳終究還是我們家的人，我們不容許妳背叛我們投靠仇人。

老：（做回憶狀）這好像我那個時代的連續劇。

旁：（轉身面對妹妹們）法官是個好人，如果沒有他，我根本不可能當上警察。

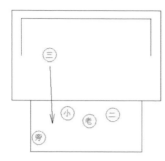

【8】

三：（走向旁白）他是十七年前誤把父親判死刑的人，妳為
　　了警察這個頭銜就六親不認了嗎？

老：六親？妳們也才三人而已呀！

※老年拉下老花眼鏡看她們，三姐妹不耐煩狀。

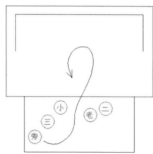

【9】

旁：隨便妳們怎麼說，

※旁白由小妹和老年中間穿過並推兩人，背對觀眾定格。再往台後方走
　　幾步，轉身走回來面帶勝利微笑地看眾人。

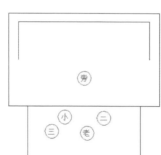

【10】

旁：（宣佈狀）我和他快要結婚了。

三：妳不知道他已經結婚了嗎？還有小孩了！

※旁白、老人表情驚訝。

老：（發出電視節目音效）登登。

旁：胡說八道（後退），笑死人了。

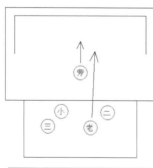

【11】

老：（走向旁白）妳聽到這個消息還笑的出來？

旁：閉嘴。

※旁白把槍指向老年，二姐也掏槍。

二：不要以為只有妳能當警察。

※二姐也拿出槍指向旁白。

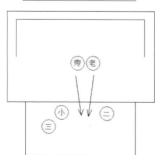

【12】

老：啊？什麼？妳們四個都是警察？

※老人走向下舞台，旁白拿著槍跟下舞台。

【13】

三：（向前宣佈）我們先斃了妳這個賤人。

【14】

小：再殺了那個畜生！

老：殺了那個畜生我不介意，

※老人壓下二姊和旁白的槍。

老：但是請不要殺了她。

※老人摟住旁白。

※燈光變化。

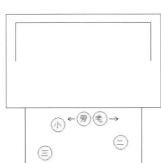

【15】

四姐妹：你是……？

※旁白、老年各往後退一步。

老：我是……。

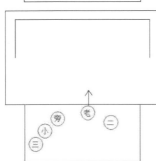

【16】

四姐妹：你是……？

※老年走上後舞台台階，再轉身。

老：是的，我是（姿勢像神父佈道狀）。

※二姐翻開領結下面寫著「爸爸」。

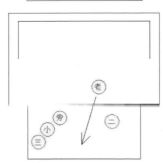

【17】

四姐妹：爸爸？！

※換場音樂進。

老：（唱）我的家庭真是可愛，整潔美滿又安康……

※老人走向下舞台繼續唱。

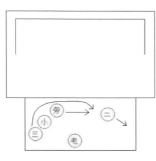

【18】

※旁白與二姐相互用槍指著對方，三姐連忙勸架。

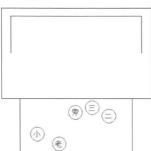

【19】

※旁白與二姐仍隔著三姐舉槍相向。

※小妹陶醉的和老年隨歌搖擺。

※燈暗。

第八場　「導演屍體變成女的了！」

地點：監獄門口　　　　　時間：某年某月某一天下午（同前場）

角色：法官，四個記者。

※燈亮。音樂收。

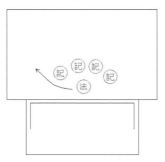

【1】

※法官背對著觀眾，記者們在法官面前不斷推擠。

法：各位稍安勿躁，冷靜一下。

記一：導演呢？我們要見導演！

法：有什麼問題問我就好了，你們也知道，我和導演是最好的朋友！

記三：你快說，裡面到底是出了什麼事？

記二：徵選會也搞太久了吧！

※法官移動，記者追混亂的上去。

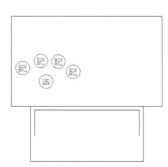

【2】

法：你們急什麼呢？人……人就在裡面，能跑到哪去？

記四：急什麼？你問我急什麼？我們等了一天能不急嗎？

記三：快叫導演出來！

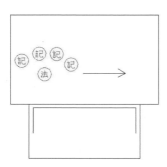

【3】

※法官移動，記者追混亂的上去。

法：你們一定很想知道導演會選哪位人渣當演員吧？我告訴你們怎麼樣？

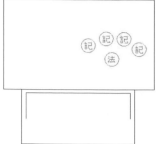

【4】

記一：我們才不想知道這種事！管他是哪個人渣！

記三：你以為觀眾想看的是什麼？當然是導演的緋聞啊！

記四：或是導演的醜聞，反正都可以，我們想要的是八卦！

法：八卦……我知道，

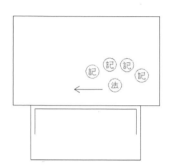

【5】

※法官移動，記者追混亂的上去。

法：我知道你們想要八卦……我就先透露一些消息給你們如何？

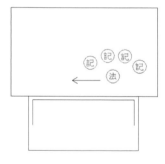

【6】

記們：（記者站定）快說快說！

法：導演高中的時候談過兩次戀愛，最後都被甩，怎麼樣？你們都不知道吧！

記四：你講這是什麼東西？高中戀愛？你以為是在演青春校園偶像劇阿！

記二：我高中談過四次戀愛，而且也都被甩，很了不起嗎？

記一：你如果沒有其他消息，我們就要翻牆進去找導演！

法：有，當然有。

記們：快說快說！

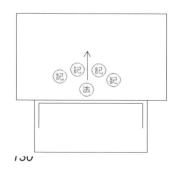

【7】

法：導演……（往上舞台走）有酗酒的習慣，

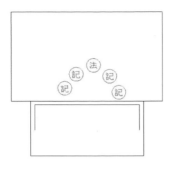

【8】

※法官轉身面向觀眾。

法：每次一喝都喝到不醒人事，然後……

記們：然後？

法：然後，都是我背他回家的。

記一：他都在哪裡喝酒？酒店嗎？

記三：他醉了以後會做出什麼行為？酒後亂性嗎？

法：他……他會說他以後要當導演……

※記者開始不耐煩。

記四：我給你最後一次機會，我們家第四台一天到晚就在
　　　播這種青春校園偶像劇了！

記二：你在亂說我就真的闖進去找他，我高中的時候常翻
　　　牆喔！

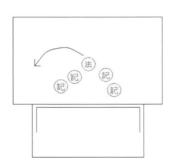

【9】

法：我們以前也常翻牆，我們三個一起，我還記得，我們
　　會為了看電影翻牆回家。

※法官移動。

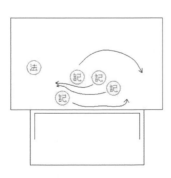

【10】

記三：真是夠了。

※記者相互換位走到定點。

記一：搞什麼阿？

旁OS：（尖叫）啊！！

　　　導演的屍體變成女的了？

三姐妹OS：什麼？！這不是林小姐嗎？

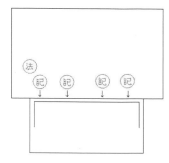

【11】

記一：什麼導演死了？

記四：什麼？這可是頭條耶！

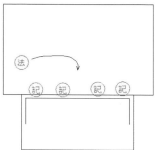

【12】

※記者開始騷動並企圖跨越柵欄訪問觀眾。

法：（走向台中）我記得，我們看到哭的那部電影，是在講一個殺人犯的故事。

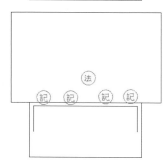

【13】

法：可是……可是片名..片名是什麼呢？我怎麼也想不起來了。

※轉身背對觀眾，拿出槍來對著自己腦袋。

※燈暗。

尾聲　柵欄‧監獄

地點：監獄門口　　　　　　時間：某年某月某一天下午（同前場）

角色：四個記者、助理三姐妹。

※音樂進。燈亮。

※四個記者、助理三姐妹已就定位，舞蹈。

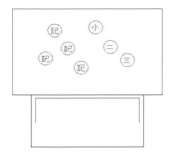

【1】

※少年出場。※歌舞時間跳到某段時演員陸續出場。

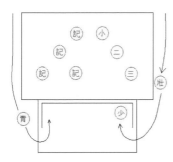

【2】

少：他習慣說不，就算他想說好。

※青年出場。

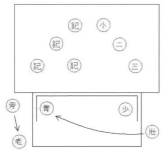

【3】

青：無聊的時候，他會不斷在手心寫下同樣的一句話。

※壯年出場。

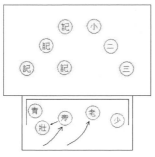

【4】

壯：有時候他會問自己，其他人在做些什麼？

※老年、旁白出場。

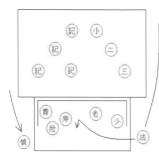

【5】

老：他已經老了。

旁：每次念頭浮到喉嚨的位置，又被強壓下去。

※法官出場。

法：我的形象很正直，我代表正直。

※旁白靠向法官一步。

【6】

※偵探出場。

偵：只要旅行，就可以想著什麼時候回家。

【7】

青：我過著很有秩序的生活，但每天都有一些意外發生。

　　※蹲下。

少：不管在哪裡，都是一個人。

壯：他總是把一切想的太糟糕。※動。

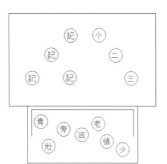

【8】

老：老花眼也可以坐下。※坐下。

法：卡通人物的形象很清楚，什麼是我的形象？

【9】

旁、偵：什麼樣的定義是殺人或是被殺？

※偵探講完後坐下，旁白拉法官領帶。

【10】

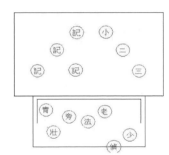

少青壯老：你覺得，你會殺人嗎？

※槍聲。

※眾人回頭看。

※燈暗。

——END——

《槍聲‧BANG！》
——演出劇照

攝影：林丕

▲甄選記者會

▲引人注目的旁白

▲記者幫人渣拍照

▲旁白說明甄選的目的

▲法官的自大

▲少年與憤世忌俗的分身

▲少年與分身

▲青年與怯懦的分身

▲青年與分身

▲壯年與愛現的分身

▲壯年與分身

▲老年與分身

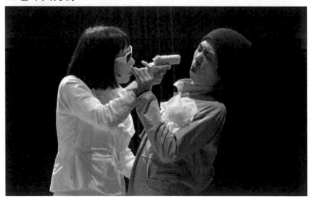

▲老年與枯槁的分身

▲旁白欲殺青年

▲老年荒謬的以手指堵槍口

▲每一個人都想殺人而不被殺

▲從屍體上找到的紙條

▲偵探與助理二姐和三姐

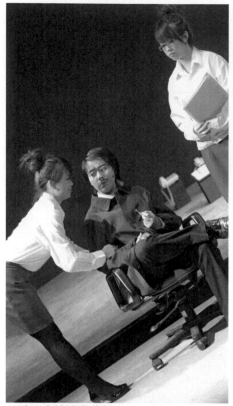

▲助理小妹迷戀偵探

▲壯年覺得偵探不起眼

▲旁白脫下一頂和自己髮型一模一樣的假髮

▲大家都希望偵探接續導演遺志拍完電影

▲偵探終於與親生兒子「少年」見面

▲少年與偵探拔槍相向

▲壯年質問青年有關謀害外婆之死

▲法官抵不住記者的追問

第貳篇

——舞台劇

《緣‧點》

藝術總監：楊雲玉

編、導、演總指導：楊雲玉

編劇學生：廖郁婷、葉力瑜

導演學生：廖郁婷

演　　出：國立臺灣戲曲學院

　　　　　劇場藝術學系專科部畢業製作獨立呈現

時　　間：2007年4月20日19：30

　　　　　21日14：30

　　　　　22日14：30　共三場

地　　點：國立臺灣戲曲學院

　　　　　木柵校區藝教樓四樓黑箱劇場

劇情大綱

　　四個年輕人（小七、關關、佑佑、小婷）為了尋找行為變得怪異的好友（家妮），未料半夜追尋至傳說中鬧鬼的舞廳廢墟。四人在廢墟中遇到了忘記自己身份的女鬼（紫依），紫依威脅四人若不幫自己找出身分就不放四人出去，四人無奈，只好協助紫依找出身分並順便找尋自己的朋友家妮。之後發現紫依的身分是當年的紅歌女，並與富家公子（念恩）及其未婚妻（佳文）有三角關係，現實中家妮被未婚妻（佳文）和小開（念恩）的靈魂附身。

　　找尋過程中，因為對照著紫依三人對愛情的抉擇而呈現的後果，佑佑、小七、關關的三角關係也逐漸鮮明，紫依三人在已成鬼魂的今世重逢，回首看過往的一切，而有所體悟。眾人在真相慢慢揭曉之際，也因此得到一些對人生、對愛情的感想。

分場大綱

第一場　離別之舞・廢墟尋人

1-1離別之舞

戀人相擁，紫依與念恩許下誓言，而後卻不得已被拆散。

1-2廢墟尋人

深夜，小七、關關、佑佑、小婷四人為了尋找失蹤的好友家妮走入廢墟，在聽見家妮不知所謂的話語後，想繼續查訪卻失去線索，通訊及照明設備甚至在此時全數損壞。

第二場　男裝女鬼・眾人遭困・相約私奔

2-1男裝女鬼

女鬼紫依穿著男裝登台歌唱，表演完畢要求四人幫忙找回她失去的記憶，並以不解決便不放生路來威脅四人，小七、關關、佑佑、小婷四人面對行為怪異的紫依感到不知所措。

2-2眾人遭困

小七與關關因受困而發生口角，佑佑與小婷勸架。

2-3相約私奔

神色恍惚的家妮帶著一塊玉佩出場，不理會四人逕自說話，接著時空轉變，四人看見了紫依與念恩約會場面，念恩贈紫依隨身玉佩，兩人相約私奔。家妮見依恩二人離去後神色淒苦，留下玉佩離去，四人追上。

第三場　兩女對峙

紫依因家妮留下的玉佩而回憶，時空轉變為念恩未婚妻佳文（與家妮樣貌相似）與紫依的談判，最終佳文忿然離去。

第四場　尷尬甜蜜‧紫依回憶

4-1尷尬甜蜜

小七、關關、佑佑、小婷四人因迷路回到大廳，佑佑順從關關的提議決定休息，小七笑佑佑太沒主見，關關罵小七多管閒事，並說出自己就是喜歡佑佑的唯命是從，令佑佑心生芥蒂，小七嘴上嫌關關麻煩，卻仍細心為關關尋休息之處，身為關關男友的佑佑自嘆不如而自卑，三人之間的情勢越顯尷尬，小婷在面對三人無計可施之下藉口逃離，懦弱的佑佑亦無力留下，藉需上廁所之名義與小婷遠離關關、小七，被留下的關關、小七二人之間感情升溫。

4-2紫依回憶

紫依再次出場，對小七、關關發問關於私奔的對錯，令感情萌芽的兩人心頭一震。整理好思緒的佑佑出現駁斥私奔的正確，認為一切都需要誠實與溝通，才能解決問題，紫依邊回憶過去邊離去，四人決心將謎團解開。

第五場　優柔寡斷

佳文偷聽紫依與念恩的對話，原想取消私奔計畫的念恩反覆思考後仍決定執行，與紫依相約隔天出走，佳文心痛不已。

第六場　迷宮廢墟‧紫依之死

6-1迷宮廢墟

小七、關關、佑佑、小婷四人再度回到大廳，佑與關因是否繼續前進而發生爭執，佑並脫口將小七與關關的曖昧說出，關關心虛之際只好妥協，四人走上二樓，卻突然見紫依出現而狼狽下樓。

6-2紫依之死

四人知曉紫依因墜樓而亡。

第七場　佳文看開、幽靈紫依

7-1佳文看開

念恩整理行李時佳文出現，無法勸服念恩留下的佳文將念恩反鎖房中，在幾經掙扎後佳文決定放手，讓念恩做自己想做的事，念恩欣喜之時僕人卻帶來紫依已死的消息。

7-2幽靈紫依

成為鬼魂的紫依失去記憶，在混亂之後，她決定認為自己是她所深愛的念恩。

第八場　念恩病重

念恩與佳文已成怨侶，念恩鬱鬱寡歡，終因病重逝世。

第九場　真相大白‧家妮現身‧逃離廢墟

9-1真相大白

小七、關關、佑佑、小婷四人各自若有所思的坐著，紫依也因解決心中困惑而放四人離去。佑佑因佳文與念恩的前車之鑑，決定忍痛成全小七與關關。

9-2家妮現身

家妮以佳文與念恩的雙重身分出現，兩個靈魂對話完畢後皆離開家妮身體。

9-3逃離廢墟

家妮驚醒，對自己身處何方一無所知，小七、關關、佑佑、小婷四人解釋來龍去脈，害怕的家妮催促著眾人離開廢墟。

第十場　愛侶重逢

紫依、念恩重逢相擁。

第十一場　謝幕

眾人出場謝幕。

角色代表符號及介紹

 紫依　女鬼（歌女），30年代人，23歲，自高自傲自信，與念恩相戀的舞廳紅歌女。

念恩　男鬼（小開），30年代人，23歲，風流倜儻卻優柔寡斷，與紫依相戀的富家少爺，與佳文為未婚夫妻。

 佳文　女鬼（未婚妻），30年代人，22歲，性格直爽的千金小姐，與念恩為未婚夫妻。

 家妮　女，現代人，19歲，與下列4人為好友，被念恩與佳文附身。

 小七　男，現代人，19歲，神經大條，喜歡關關但死不承認。

關關　女，現代人，19歲，刁蠻倔強，與佑佑為情侶，但喜歡小七卻不承認。

佑佑　男，現代人，19歲，溫柔淳樸，與關關為情侶，但其實兩人只有友情。

 小婷　女，現代人，19歲，風趣大方，理智型的母愛型人物，在一群好友間總是負責安撫角色。

※註：佳文與家妮由同一演員分飾兩角。

僕人，男，念恩之家僕。

 舞群，女，女鬼紫依在廢墟的伴舞。

編導演創作理念
——指導重點

一、編劇指導

指導過程中，於2007年暑假中，即先討論劇本方向、內容，並於開學前完成初稿。

學生原本只想寫一個好玩的、時空交錯的現代歌舞劇，內容大意是幾個現代年輕人為了尋找同伴而闖入幾十年前的舞廳廢墟，碰上一個不知自己是誰、也不知自己怎麼死的女鬼，後來從協助女鬼尋找答案中窺視了女鬼的類似八點檔典型故事，解開女鬼的困惑後才得以逃離廢墟。

9月起課堂中練習編劇技巧、篩選並修訂各分場大綱等。在修訂各分場大綱前，首先須考慮戲劇主題，學生主要目的原是編寫一個純粹搞笑而荒謬的劇本，而未確切的思考有關主題的部分。但論及戲劇主題，則回頭審視初稿，從中尋找故事旨趣。發現故事中提及女鬼紫依和富家少爺念恩及其未婚妻佳文的三角關係，在故事進行中念恩的心意不定，佳文的干預，到最後紫依摔下樓身亡，念恩思念紫依意中並身亡，佳文因此孤寡終生。故事的重現對四個闖入紫依故事的年輕人有何關係？如果只是親眼目睹故事發生在眼前，對觀眾來說意義又為何？須有另一重意義發生在四個年輕人身上，才能顯現本劇題旨。

因此建議：

（一）既然愛情的抉擇是紫依故事的主要訴求，四個年輕人當中又有一對情侶，是否改成三角關係來相互對照這個古今不變的情愛問題？

（二）故事中的古今兩組怨偶，是否在此次事件而對人生或愛情的態度有所學習？學習什麼？

（三）家妮，四個年輕人為了尋找她而闖入廢墟的關係人物，和紫依等人又有何關係？是否能成為古今故事的「聯繫者」？

（四）如何進行故事的呈現？讓古今穿插而能漸漸開展，使故事明晰、條理又在安排上顯現編劇創意？

根據以上建議，故事有了修整：

四個年輕人（小七、關關、佑佑、小婷）為了尋找行為變得怪異的好友（家妮），未料半夜追尋至傳說中鬧鬼的舞廳廢墟。四人在廢墟中遇到了忘記自己身份的女鬼（紫依），紫依威脅四人若不幫自己找出身分就不放四人出去，四人無奈，只好協助紫依找出身分並順便找尋自己的朋友家妮。之後發現紫依的身分是當年的紅歌女，並與富家公子（念恩）及其未婚妻（佳文）有三角關係，現實中家妮被未婚妻（佳文）和小開（念恩）的靈魂附身。

找尋過程中，因為對照著紫依三人對愛情的抉擇而呈現的後果，佑佑、小七、關關的三角關係也逐漸鮮明，紫依三人在已成鬼魂的今世重逢，回首看過往的一切，而有所體悟。眾人在真相慢慢揭曉之際，也因此得到一些對人生、對愛情的感想。

在分場大綱的考慮，因為要古今交錯、慢慢堆疊，戲劇的進行才不會落入俗套，必須仔細而審慎的安排，數次的討論與修整之後完成以下修正版本：

1-1 離別之舞——念恩紫依相擁並約定私奔，卻被舞群衝散，透露此劇愛情故事的起始。

1-2 廢墟尋人——現今時代的人物登場，因尋人而進入廢墟的鋪排。

2-1 男裝女鬼——古今人物第一次接觸，表明四個年輕人被留在廢墟的原因。

2-2 眾人遭困——關關、佑佑和小七三人曖昧關係第一次展露。

2-3 相約私奔——被佳文附身的家妮帶著一塊佳文和念恩婚約信物的玉珮出現，牽引出念恩和紫依相約私奔的一段場景。

3　兩女對峙——時空轉換，紫依因玉珮而回想著自己的抉擇，佳文出現和紫依對峙談判。

4-1 尷尬甜蜜——關關和小七因獨處而顯露內心情感另一面，藉故避開的小婷、佑佑卻看在眼裡。

4-2 紫依回憶——陷入私奔與否、情感抉擇的紫依向關關等人尋求答案，卻讓關關、小七、佑佑也陷入相同的難題。

5　優柔寡斷——呈現念恩的對私奔的躊躇猶豫。

6-1迷宮廢墟——小七、關關、佑佑第一次正視自己的三角關係，各自在心中尋找答案。呈現紫依

6-2紫依之死——展現紫依墜樓而亡的死因。

7-1佳文看開——佳文思索著情感的依歸，了悟留人留不住心之後，讓念恩赴約，卻得知紫依身亡的消息。

7-2幽靈紫依——呈現紫依為何不知自己是誰和為何而死的原因。

8　念恩病重——念恩過於執著與懊悔自己的猶豫不決造成紫依身亡，結果病亡。佳文也因為未及早頓悟成全他人而嚐到失去心愛之人的痛。

9-1真相大白——紫依故事的來龍去脈清楚了，四人也被解放了，佑佑從佳文身上學到應及早放手，決定成全關關和小七。

9-2家妮現身——停留在家妮體內的佳文和念恩，真摯的對談之後，佳文了悟且坦然的離去。

9-3逃離廢墟——關關四人和驚醒的家妮，倉皇逃離廢墟。

10　愛侶重逢——在廢墟的一角，等待中的紫依終於和念恩重逢。全劇回到戲的初始。

　　這是一齣蠻長的戲，因為兩條主線（兩組故事），數條支線，兩個時代，相互糾纏；從故事鋪排到劇情交雜呈現到劇終，總共分為十場（18段落），戲劇加上歌舞亦還豐富有趣。後來作品演出，發現由於兩條主線交錯呈現，且修正部分場次的順序，使劇情堆疊、變化，更具張力，是聰明的抉擇。

二、表演指導

　　2007年9月，學期開始後，演員多以確定，但仍以小段讀劇呈現的方式，了解一下演員和角色之間的差異。

　　飾演念恩的男演員，個性靦腆，聲音較小，表演上較需更大動力激發其表演張力。飾演紫依的女生，對演戲有熱力、有耐心、興致高昂，會私下用功，是不錯的演員。飾演關關的女孩，外型蠻符合嬌蠻的大小姐，背台詞很快，但重複排練時，其耐性仍有加強空間。飾演小七的男演員，喜歡演戲，亦能配合導演需求做嘗試，是稱職的演員。飾演佑佑的男生，已有一些表演基礎，對戲劇的感知較清楚，指導起來不費力。飾演小婷的女生，喜歡戲劇、也愛表演，排戲專注而用心，是用功的好演員。飾

演家妮／佳文的女孩，個性灑脫、可愛，喜歡唱歌，但無法掌控出缺席和背詞緩慢，是演員中較令人擔心的一位。

10月起，劇本分析後，詳細講解與分析各角色基本個性及角色之間關係，而後要求演員撰寫角色自傳，以對角色之出生背景、家庭狀況、個性養成等狀況與原因，有更深入的瞭解與支撐以產生自然的認同。其次再要求分析所飾演角色與各角色之認識經過、情感深淺等描述，以協助演出時能呈現自然的互動與反應。甚至，要求演員思考各角色的習慣動作，設計和練習之，以求更接近角色。

由於演員非專業、非表演科系學生，排戲前須針對劇情所需之動作、舞蹈做練習；尤其30年代的交際舞或歌廳舞群的舞蹈訓練，劇中歌舞劇形式的歌曲演唱及小婷的一段數來寶，或劇中的念恩和紫依的擁抱和調情，亦須指導演員克服心理障礙，以使其肢體的展現不至於僵硬、無情感及不做作。關關、小七的尷尬甜蜜場景，亦須練習含情脈脈又羞澀的年輕人的青春戀情，但又不能過分而令人產生矯情或噁心之感，尺度的拿捏是重要的練習指標。皆由演員各自練習後再不斷評析與修正，反覆加強。

我個人相信，在表演訓練上用心，則演員在舞台上的表現是絕對有助益的。因此，在一面排練一面訓練的方式下，訓練內容及項目亦力求隨時得以運用的效果，以避免減少太多排練時間而無法如期演出。在排練過程中，一在鼓勵演員透過觀察、記憶、反應、想像、創造、咀嚼（反覆回想與思考），進而相信自己和其他演員所呈現的空間、角色和故事。

三、導演指導

11月起，開始讀劇及分段排練，先讓導演學生試排。由於演員對表演技巧不夠自如與熟練，加上走位是最困難的肢體表達，因此，通常最容易令學生在導演時碰到問題者，大多是走位的安排。一旦走位發生僵滯問題，或角色情緒與動作不符合，或角色關係無法凸顯張力時，則由本人適時示範導演技巧，指導演員身體位置與面向的考慮、適合角色情緒的肢體表達的安排，以及視情節需要的走位等等可能性，提供演員參考與選擇，再從演員各種實驗與試驗的表現中挑選最適宜者。之後，再交與導演學生重複排練。

在舞台方面，因劇中場景較多，必須將舞台劃分不同區塊運用：

（一）舞台正後方以一塊30公分高之平台，為舞廳之歌舞表演小舞台，亦代表廢墟之屋內。平台上方錯落懸掛著5片紗幕，以不同高度的升降再創造不同空間效果。當紗幕拉開時，則作為念恩的房間。

（二）舞台前方區塊，代表廢墟之屋外。左側立一棵樹（無葉），樹下放一張公園椅，代表廢墟附近的公園。右側以景片塑造街景，右後方的樓梯則代表紫依住處。

（三）當舞台前後方兩區塊共用時，則代表整個廢墟。

因舞台非以實景劃分，演員走位須更小心，否則容易打破觀眾的聯想和想像空間。

例一：念恩的房間，被設計在正後方小舞台上，僅多加一組明式木椅。在佳文阻止念恩私奔不成，將念恩反鎖在房內後離開。接著，佳文在屋外思考如何抉擇。這一段劇情，在舞台上的走位設計重點是：房門應在小舞台左側盡頭，佳文進出房間皆在觀眾視線之外，反鎖房門也必須在小舞台之外「完成」，觀眾看不見的地方，否則須以默劇方式演出假設的一扇門，增加諸多表演困難與問題。而接著念恩打門、撞門又將再一次滑稽的演出，必然破壞觀眾的情境想像。而佳文離開念恩房間到屋外的走位，也不能在觀眾眼前直接由小舞台走下來至前區舞台，除非她能穿牆，一樣破壞觀眾的想像空間。

例二：紫依的房間，前區舞台的右側後方，僅露出幾階樓梯。紫依墜樓而亡的一段，不能在觀眾前演出，否則將會引起觀眾大笑。演出方式是紫依上樓後，由樓梯前景片上挖空的紗窗上打出紫依身體的光影，接著燈暗，紫依尖叫聲，紅色光照在紫依摔落在樓梯前不動的身體。此即避開了紫依墜樓的滑稽與危險。

例三：整個廢墟，為舞台前後方兩區塊共用時。第二場＜2-1＞男裝女鬼，紫依在舞台後驅的小舞台上歌舞演出後，由小舞台直接走下來和四個年輕人談話。此段情節直接在觀眾眼前進行，舞台前區此時亦代表歌廳中的觀眾席，而且此時，紫依已是女鬼，飄忽穿牆也無不可，歌舞畫面是展現給四個年輕人看的幻影，因此反倒在走位上較方便。

燈光方面，主要在劇情需要上，達到氛圍的塑造。如：紫依昔日歌舞場面的華麗燈光，加上小舞台前緣霓虹燈的閃爍，頗有30年代燈紅酒綠的情境。女鬼出現時暗藍色、憂鬱的光線。念恩、紫依相約私奔的公園，灑下淡藍月光的浪漫。紫依墜樓死亡時，強烈的紅色血光。念恩重病時，昏黃、混濁的光圈等等。

　　服裝方面，不同時代的服裝須區別清楚。四個現代年輕人和家妮的服裝，以時下一般年輕人服裝為主，再依照角色個性稍微變化即可。30年代的佳文則以復古式的荷葉邊立領襯衫、灰花圓裙，外加一件披肩。紫依，以旗袍為主，外罩長披肩。念恩，白襯衫和三件式西裝及一頂毛呢圓帽。

　　音樂方面，原計畫為歌舞劇形式的演出，由學生創作8-10首歌，後來整修劇本之後，共有不同學生創作5首歌，包括：紫依獨唱的「存在」。關關、小七合唱的「尷尬甜蜜」。佳文、念恩分唱的「迷惘」。佳文、佑佑分唱的「珍愛」。所有演員合唱的「未來禮物」及一首周璇的「夜上海」。雖然學生作品未臻成熟，但非表演亦非音樂科系學生勇於創作和在舞台上表現，亦算難能可貴。

　　本劇在導演的工作上，較大的挑戰是時空的轉換。如第一場＜1-1＞離別之舞，是30年代的紫依和念恩兩人愛情的意象，用煙霧和暗藍的光線，造成飄渺、虛無的情境，兩人愛情的不順遂，運用三個舞者衝散兩人相聚的方式代表，此方式是序幕、楔子，也是鋪排、暗示。到＜1-2＞廢墟尋人，四位現代男女出現在廢墟，用昏暗的藍光代表進入深夜後的鬼屋，延續上一場的氛圍以轉換成現代的情境而不覺突兀。第二場＜2-1＞眾人遭困，四個男女遭女鬼紫依作弄，除非幫女鬼找出身是及死因否則不得離開廢墟。此時要交代30年代的紫依和念恩兩人愛情始末，如何反轉時空是一大問題？思考之後，安排被佳文附身的家妮帶著佳文與念恩婚約信物『玉珮』出現，並留下玉珮；將劇情順勢回到紫依和念恩身上。因此接著，＜2-3＞相約私奔，呈現紫依和念恩愛情故事始末。又以『玉珮』轉至第三場兩女對峙，紫依與念恩未婚妻佳文的爭辯，三角關係的呈現，在情節安排上也就順理成章了。到第四場＜4-1＞尷尬甜蜜，則將劇情轉回現代，呈現關關、佑佑和小七的三角關係，以和前一個三角戀愛對比。＜4-2＞紫依回憶，則事兩組愛情故事的思考關鍵處，紫依當然對私奔仍有顧慮，因此問及正在熱戀的關關等現代年輕人的意見，關關和小七驚覺自己也陷入三角戀的無言。佑佑卻從紫依的三角關係的痛苦，感悟自己和佳文相同處境，原本軟弱無主見的佑佑，卻勇敢面對。因此，牽動後來的劇情；經過念恩的猶豫（第五場優柔寡斷）、紫依之死（第六場迷宮廢墟・紫依之死），到佳文看開（第七場佳文看開・幽靈紫依），念恩病重死亡（第八場念恩病重），以至其後各場到劇終等情節，都能合理亦邏輯化的解決劇情敘述及時空場景轉換的問題。最後第十場愛侶重逢，場景

回到劇初離別之舞中紫依和念恩，只是沒有人來打斷他們，兩人終於在成為鬼魂之後，得到平和的愛情。此場是故事的尾聲，也讓故事回到起始『點』，讓故事成為一個『圓』，也是『緣』。所以劇名為《緣‧點》。

舞台圖說明

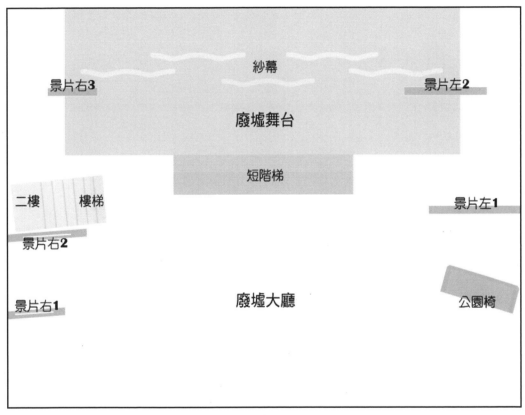

《緣‧點》
──劇本及舞台走位圖

▲《緣‧點》DM

《第一場》離別之舞‧廢墟尋人

角色：紫依、念恩、關關、佑佑、小七、小婷、家妮

場景：舞臺、大廳

【1-1】

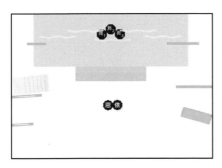

（音樂出。暗藍燈光漸亮。）

（舞群在中間紗幕後。互相擁抱的依、恩）

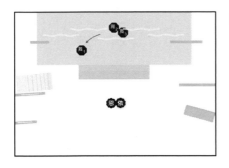

（舞群陸續出，。在依、恩後面平台上舞蹈）

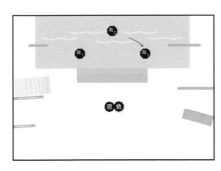

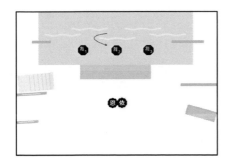

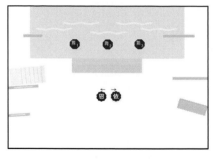

（依、恩兩人結束擁抱，面對而立）

依：你真的會帶我走？

恩：真的。

依：真的？

恩：真的。

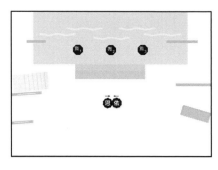

（兩人再度擁抱）

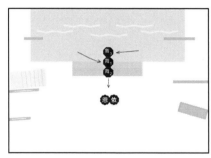

（舞群下平臺，衝散兩人擁抱）

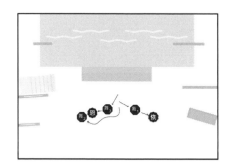

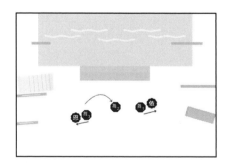

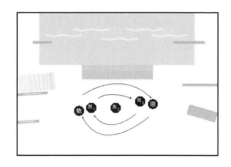

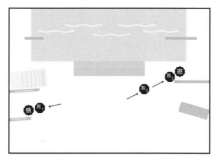

（曲終。兩人被強行分開）

※燈暗

【1-2】

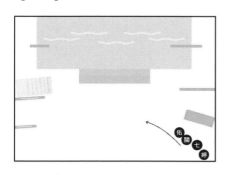

（全黑的空間裡，佑、關、七、婷戰戰兢兢地拿著手電筒出場）

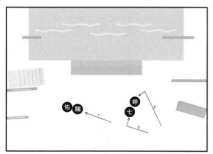

（婷與七不小心相撞，婷尖叫，眾人驚嚇）

（佑蹲下來躲在關旁後，又迅速站起顯示自己不害怕）

佑：怎麼了怎麼了？

（七拍了婷的頭一下表示責備，婷急忙道歉）

婷：對不起嘛～

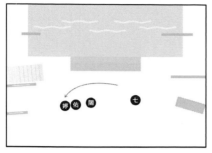

關：家妮怎麼哪裡不跑，偏偏跑到這種鳥不生蛋、狗不拉屎的地方，找了這麼久，現在都幾點了，怎麼回家啊！看看這裡……根本就是鬼城嘛！

佑：關關別亂說啦，這裡已經很恐怖了！

關：你啊你啊你啊！不是要你看好她嗎！這麼點小事都做不好，是不是男人啊你！

（佑故作強壯）

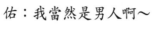

佑：我當然是男人啊～

（婷拍地數秒，拉起佑手）

婷：WINER！

（七怪婷亂來，推婷到另一邊）

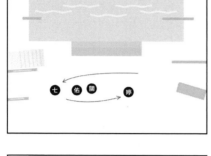

（關捏佑左耳）

關：我說什麼你回答什麼！

七：哎喲～佑佑啊，有這種女朋友啊，你真的是……

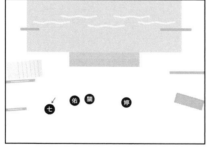

（關把佑拋到一邊，走去瞪七）

關：怎樣！

七：好福氣。

關：知道就好！

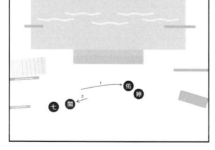

（關、七劍拔弩張的對瞪爭吵，佑、婷兩人不知如何是好。）

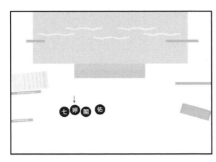

婷：聽我說！莫‧生‧氣！

（佑跟著附和）

婷：人生就像一場戲，因為有緣才相聚；

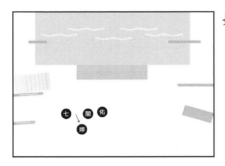

婷：相扶到老不容易，

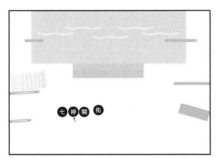

婷：是否更該去珍惜；

婷：為了小事發脾氣，回頭想想又何必；
　　別人生氣我不氣，氣出病來無人替；
　　我若生氣誰如意，況且傷神又費力；
　　鄰居親朋不要比，兒孫瑣事由他去；

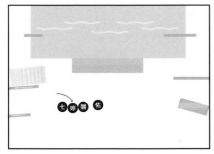

婷：吃苦享樂在一起，神仙羨慕好伴侶。

（婷最後一句指向關、七二人）

（關、七異口同聲）

關／七：什麼啊！

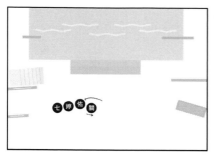

（佑想起自己幹嘛跟著附和好伴侶這句話，趕緊將關拉開）

佑：對啊什麼啊！

※舞台右側區塊燈亮，妮站在窗後

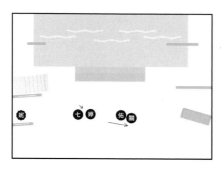

（妮跟恩突然出聲）

妮／恩：堅定不移，好難。不去面對，沒那麼簡
　　　　單。迷失自我，難道就是迷惘的後果？

佑：好像是家妮的聲音欸！

（四人拿著手電筒東照西照。）

妮：這裡……我來了。

※舞台右側區塊燈暗

關：家妮？你在哪？

（四人的手電筒一起沒電！四人尖叫！）

婷：別慌！有手機嘛！

（婷拿著手機的光照自己的臉）

呵呵呵～

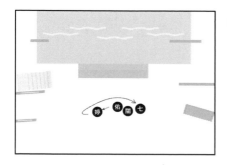

（七搶去，婷無奈，七去嚇關）

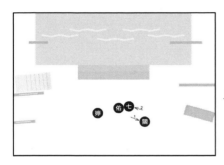

（關覺得無聊閃開，七又轉向佑，佑被嚇到！七得逞的笑～）

（突然手機響起日本恐怖電影「鬼來電」裡的手機鈴聲）

（四人尖叫後退，手機也摔落，四周回復一片漆黑，四人也停止了尖叫。）

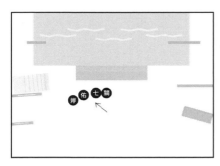

（婷以冷靜的口吻打破寂靜）

婷：靠杯。

七：壞了耶……

《第二場》男裝女鬼‧眾人遭困‧相約私奔

角色：關關、佑佑、小七、小婷、紫依、家妮、念恩、舞團

場景：舞臺、大廳

【2-1】

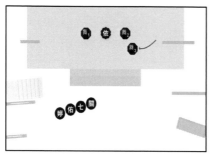

※突然燈光四射，舞台紗幕升、拉開

（男裝依帶著舞團出場，勁歌熱舞，關、七、佑、婷四人不知所措的退到一邊）

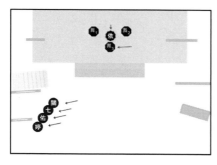

歌曲：【夜上海】

夜上海　夜上海

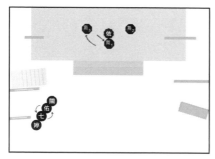

你是個不夜城

華燈起　車聲響

（佑去找關而和七換位置）

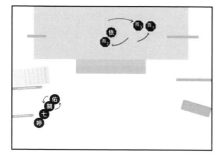

歌舞昇平

（關認為在中間比較安全，跟佑換位置）

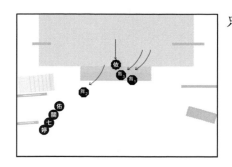

只見她　笑臉迎

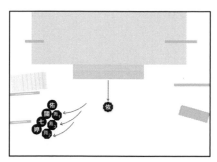

誰知她內心苦悶

（歌舞進行中四人被拉去一起跳）

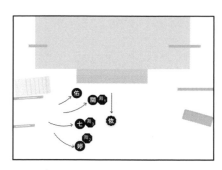

夜生活　都為了

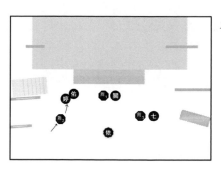

衣食住行

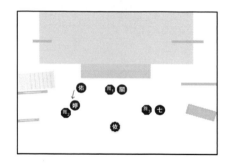

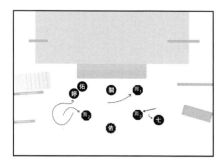

酒不醉人　人自醉　胡天胡地

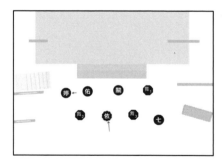

蹉跎了青春

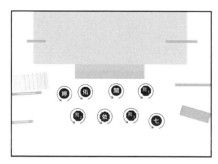

曉色朦朧　倦眼惺忪　大家歸去
（四人恍惚的跳著舞）

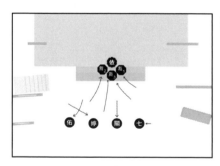

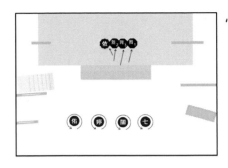

心靈兒隨著
（四人轉完一圈後清醒）

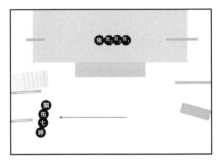

轉動的車輪
（四人退到一旁）

換一換

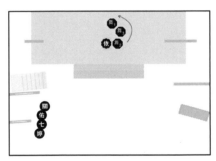

新天地　別有一個新環境

回味著

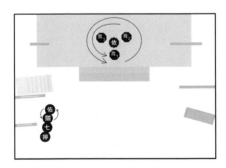

（關躲到佑與七中間）

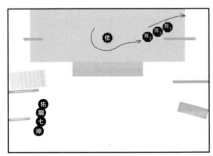

夜生活

如夢初醒

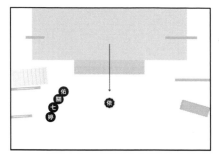

（依瀟灑的走到四人面前）

依：歡迎，光臨。

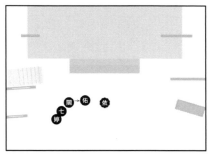

（佑上前揮手，然後迅速被拉回）

佑：嗨～

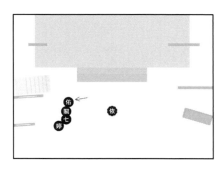

（四人靠在一起）

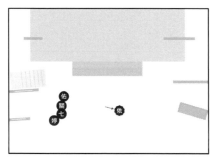

依：你們別害怕，不用害怕的，像我這麼一個有格
　　調的鬼……

四人：鬼！！

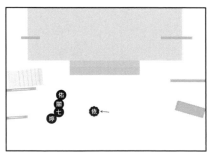

依：待在這麼有格調的地方，呵呵（依自戀的笑著），
　　我，是不會傷害你們的！

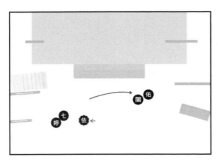

（四人對眼前這隻鬼的自白感到莫名其妙，關、佑試圖逃走）

依：（依自戀口吻）我不管你們來這裡是為了什麼，總
　　之（關、佑被依定格，等依又說話才能動）你們碰到了
　　我，就得先幫我。

四人：嘎？

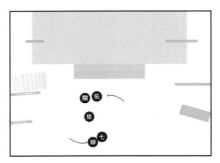

（換七、婷偷跑）

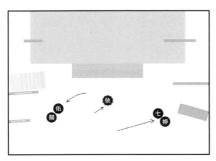

依：嘎？聽不懂嗎？就是說呢，我，你們看到的
　　我，風流倜儻帥氣縱橫的我，是鬼（七、婷被定
　　格，等依又說話才能動）沒錯，我是隻鬼，而且，
　　是……什麼都不記得的鬼。

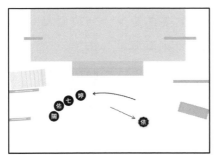

四人：嘎？

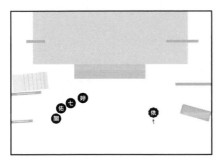

依：總之我是什麼都不記得了，我是誰？我怎麼死
　　的？我在幹嘛？我不知道。

四人：嘎？

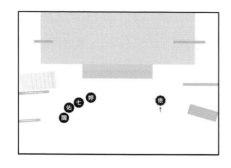

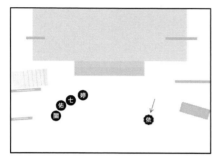

依：你們夠了吧，怎麼一直「嘎」呀？

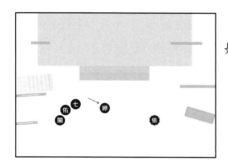

（婷面對這麼怪的一隻鬼，她倒是不怎麼怕了，陪著笑臉）

婷：呵，那……你要我們怎麼幫你呀？

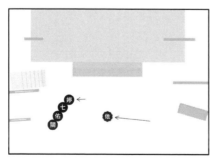

依：其實我也不知道你們要怎麼幫，可是總覺得你
們的出現，能讓我的迷團解開，我想，這就是
鬼的直覺吧，呵呵呵呵呵～（自戀的笑了起來）

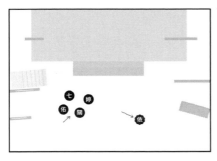

（四人面面相覷，趁依自我陶醉時低聲說話。）

佑：根本在玩金田一嘛，贏了也沒獎金……

關：我們快走好不好……

佑：那家妮怎麼辦？

七：這個情況我們根本沒辦法找到她的啦，我們還
　　是走比較好！

婷：安呢嘸好啦！

關：那怎麼辦啦！

七：哎呀，我們明天白天再來找她啦，太可怕了。

（四人最後決定還是走為上策，偷偷的想離開，結果連續3次被
依定格。）

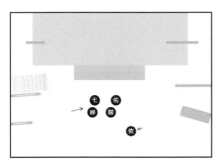

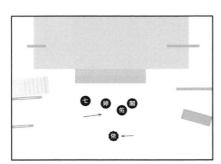

依：你們不幫我我是不會讓你們走的。

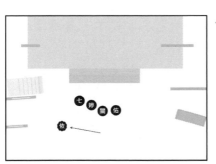

（關有點發火所以忘了害怕，跑到依面前）

關：你……你都說你不知道我們能怎麼幫了，我們
　　要怎麼幫啊！

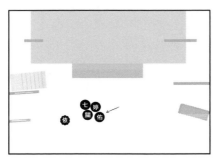

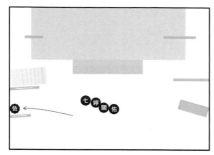

（依因為沒有合理的回答而有點慌亂）

依：我不管，你們不幫，就一輩子待在這陪我吧！
　　哈哈哈哈～～

（依說完就逕自消失，留下不明所以的四人，四人嘗試要離
開，但就像被玻璃擋住一樣，出口怎麼都出不去）

【2-2】

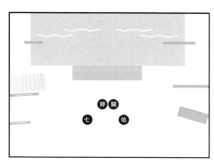

七：我們不是真的要跟那個不男不女的瘋鬼待一輩
　　子吧……

佑：對啊！她好像神經病！

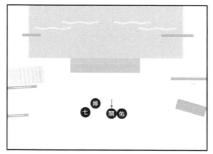

關：我不要啊！！！都你都你都你！（關指著佑罵）幹
　　嘛不顧好家妮啦……完了，完了，我的未來，
　　完了…我沒未來了……

佑：人家又不是故意的～那時候我在注意你咩～哪
　　知道家妮咻一下就不見了～

（關覺得佑很煩，煩躁的大吼）

關：啊～～～～～

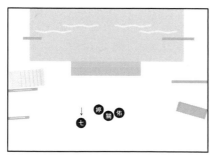

七：你不要鬼吼鬼叫的啦！

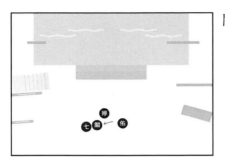

關：（關尖叫）不要跟我提到鬼這個字！還有你（關對
　　著小七），找家妮可以打手機的嘛！

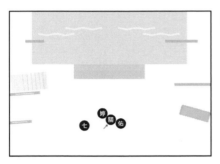

關：你硬要大家全部出來找！

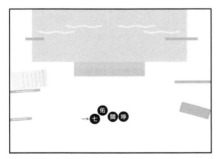

七：我沒聽錯吧？你說這什麼話？不要說手機了！
　　大家打給家妮打到剩小婷的手機有電，現在她
　　手機也…也壞啦！

關：還不是你用壞的！

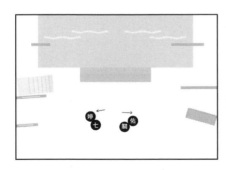

七：還有啊！是誰聽我說要去找之後，還很高興
　　的慫恿全部的人，邊找人邊當郊遊的啊？你
　　敢說我？！

關：我……我，啊～～～

（關七二人開始要打架，婷、佑各拉住一個。）

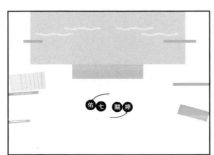

佑／婷：不要吵了啦！

關／七：（大吼）都是你啦！

【2-3】

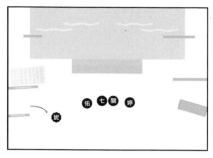

（妮出場，手上拿著一塊玉佩）

婷：家妮？

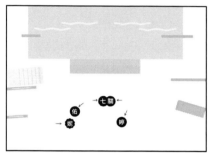

（婷、佑放開手，關、七相撞，抱在了一起，對看。）

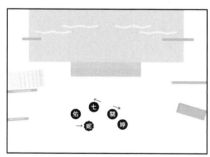

佑：家妮？

（佑轉頭看見關七仍抱在一起，故意大聲）

佑：咳！家妮啦！

（關、七兩人急忙鬆手）

（妮對著玉佩自言自語）

妮：我要給你個很貴重的東西，你猜是什麼？這是
　　我從小就戴在身上的，送給你。

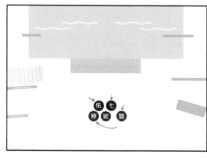

婷：家妮？

佑：奇怪？她怎麼啦？

婷：是不是夢遊啊？

（七正想拍醒妮，被關打。）

關：你白癡喔！夢遊的人不能亂叫啦！

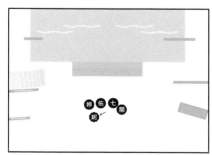

（妮表情變得淒苦，苦笑著）

妮：我一塊、你一塊，指腹為婚的信物，你就這麼
　　給了她……真的……這麼喜歡她？

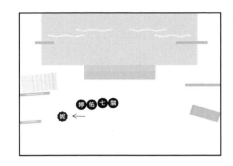

（妮慢慢轉頭看向一方）

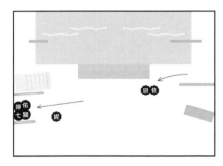

（時空轉換，恩和依走出，四人驚訝躲起）

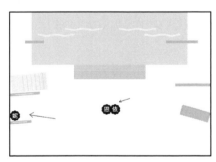

（恩用富涵深意的微笑看著依）

恩：我要給你個很貴重的東西，你猜……是什麼？

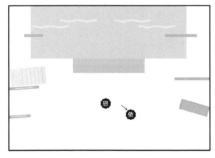

依：韓家大少爺送的東西固然貴重，但是你想，憑我，未必買不起你要給的貴重東西呀！我要的可不是你的錢。

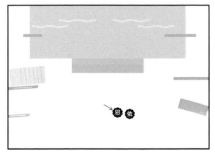

恩：紫依，你是大紅牌，錢自然是賺得不少嘍，但是，你未必買得到我要給你的東西呀！（恩拿與妮同樣的玉佩交到依的手上）這是我從小就戴在身上的，送給你。

依：（害羞的微笑）我要的真的不是你的任何東西，念恩……你……什麼時候帶我走？

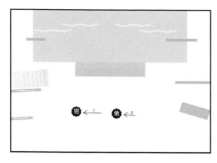

恩：你確定……真的要走？

（依登時變臉）

依：你想反悔？

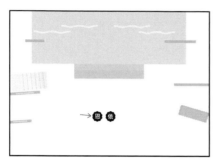

（恩嬉皮笑臉）

恩：不是，我只是怕，以後會苦了你啊。

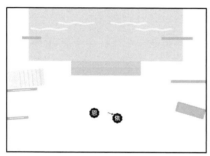

依：別傻了，哪苦得了我？只是得委屈你這個大少
　　爺了！

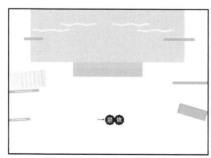

恩：你苦我委屈，我們真是天生一對！

（時光在依與恩兩人笑聲中變得黑暗）

【2-4】

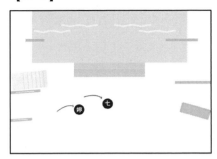

（婷跟著七衝出來，七看著依、恩離去的方向，回頭對著小婷）

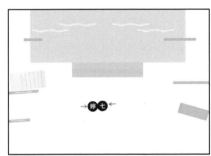

（七模仿恩剛剛的對話，搭著小婷的肩，學得很噁心）

七：你苦我委屈～我們真是天生一對～

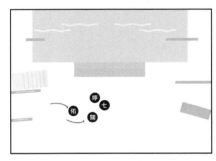

婷：不要亂學啦！

（關和佑也走了出來，關邊走邊瞪七，佑完全沒注意到關與七的眼神交流。）

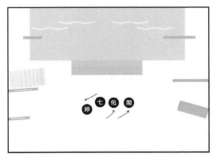

關：紅牌？

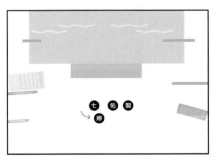

佑：大少爺？

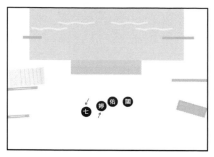

婷：私奔耶！

七：什麼芭樂劇情啊？那女的八成是被情敵潑硫酸
　　死的。

婷：有點口德好不好！

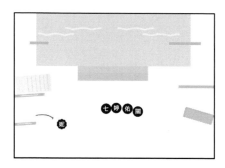

（正當眾人評論眼前所見時，妮走了出來）

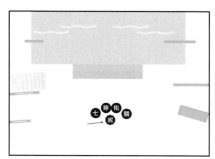

關：家妮？

（妮臉色悽楚的看著前方）

婷：她怪怪的耶！

佑：她是夢遊還是中邪啊？

（關無心的大聲喊妮）

關：家妮！

七：噓！你不是說夢遊的人不能叫嗎？

（七更大聲）

七：家妮！

三人：噓！

（婷摀住七的嘴，關趁機又喊了聲家妮，接著四人覺得有趣就
一個喊一個摀，一個換一個）

（妮嘆氣，突然轉身！四人嚇到讓路！）

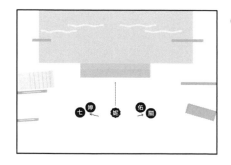

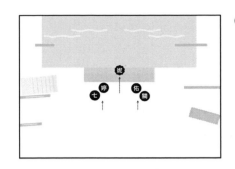

（妮將玉佩放下，轉身望天，再轉身退場）

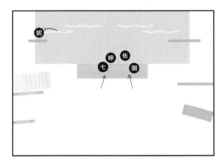

（四人好奇，圍在玉佩周圍）

佑：這個好像跟剛剛那個大少爺的一樣耶！

七：好像很值錢～

（七伸手要去碰玉佩，婷拍七手背）

婷：不要亂碰啦！我們快去找家妮啦！

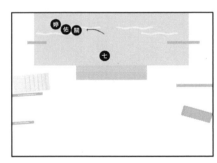

（婷、關、佑跟著妮離去方向前進）

七：啊這個就放在這裡喔？

三人：對啦！快點啦！

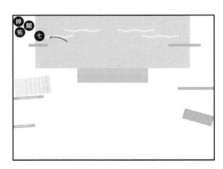

（七只好追了上去）

《第三場》兩女對峙

角色：紫依、佳文

場景：大廳

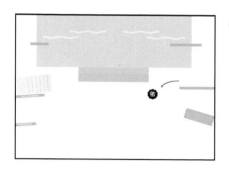

（換上女裝的依在四人追出後出場）

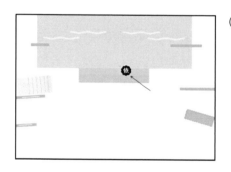

（依拿起妮留下的玉佩，像是想起什麼）

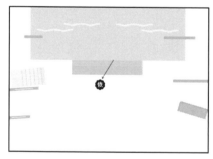

歌曲：【存在】

依唱：枯骨上開花

　　　綻放無彩度的花

　　　能吸引蝴蝶來嗎

　　　我　是不是我

　　　我在扮誰

　　　誰在學我

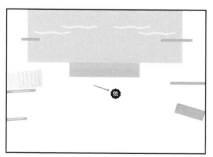

依唱：難道就是存在的結果

　　　對陰影縱火

　　　轟炸轟烈的疑惑

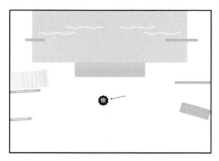

依唱：我還在迷失自我
　　　但　我還是我
　　　任憑寂寞　流轉時空

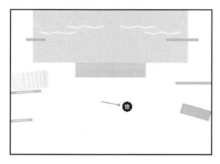

依唱：也仍感受到自焚的痛
　　　離不開是因為什麼
　　　等待是不是想要見到某某
　　　華麗的廢墟

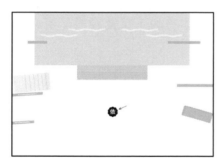

依唱：遺忘的曾經
　　　肯定自己

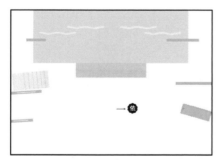

依唱：卻　肯定的好心虛

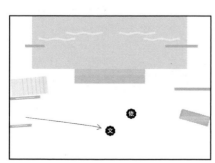

（歌唱完，文出現，時空轉換，文和依談判）

文：請你離開念恩。

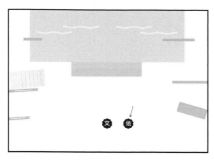

依：不可能。

文：你這是在害他！

依：我怎麼會是在害他？

文：你跟我們根本就是不同世界的人，你……你只
　　是個……

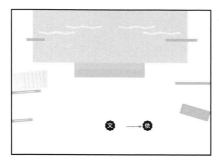

依：歌女？舞女？蕭家小姐，就因為這樣，我就會
　　害了他？

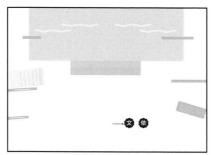

文：你到底想要什麼？你要的不就是錢嗎？有錢的
　　少爺到處都有，

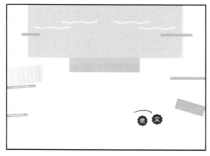

文：你為什麼非得要他？

依：你又為什麼死不放手？

（兩人互瞪）

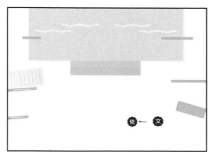

依：你們之間只是父母之命，你又不愛他……

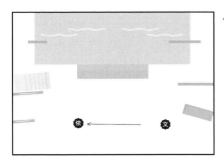

依：為什麼還要阻攔我們呢？

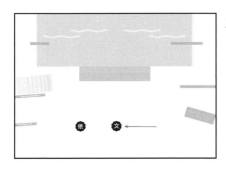

文：誰說我是因為父母才嫁他！要是我不肯，天王
　　老子也別想逼我嫁！

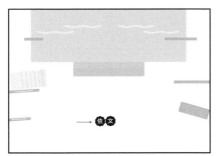

依：看來你是要和我爭到底嘍！好，很好……

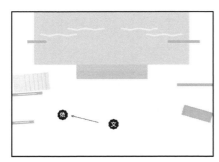

（依自豪的炫燿身材，文不甘示弱，也展現身材，不過比較之
後，覺得自己真的不如依）

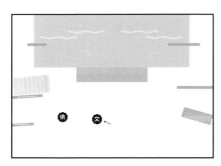

文：你為什麼這麼任性？你會害得他連家也待不
　　下去，

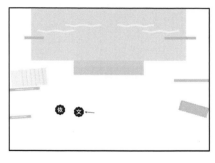

文：你會害了他的前程！

依：前程？他要的不只是前程，你們只想要他這樣
　　要他那樣，

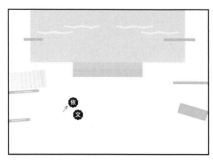

依：你真的認識他嗎？

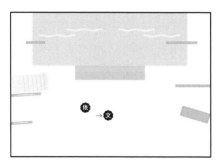

依：你知道他想要的是什麼嗎？

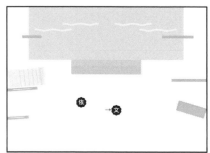

文：他要的？……我只希望他能安安穩穩的過著屬
　　於他世界的好日子！

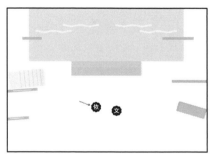

依：屬於他世界的好日子？就讓他無驚無險，

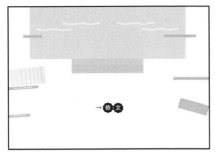

依：像個活死人一樣擺在你們精心部署的傀儡屋
　　嗎？！

（依用力勾住文頸，文用力掙脫）

文：你……

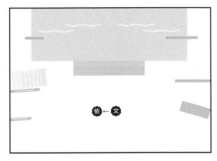

依：你認為這樣他會快樂嗎？

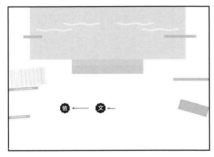

文：你不要強詞奪理！你到底為什麼一定得搶走
　　他？你這不是對他好……真的不是！他現在和
　　你好，只是因為新鮮、好玩，他不會真的愛上
　　你的。

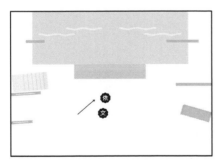

依：好，不說別的了，我就問你，你看到的他，被
　　死死的控制在人手中的他，

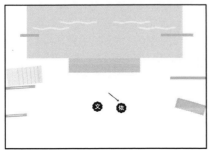

依：真的快樂嗎？

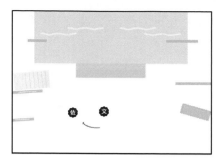

（文靜默許久）

文：但我不認為他離開家的生活能怎麼快樂，

文：他過慣了少爺生活，

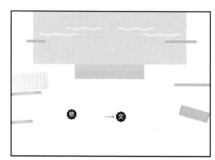

文：他是吃不了苦的，他會很辛苦，

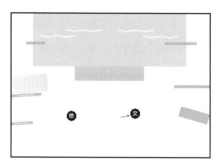

文：而你……

（兩人互看後文轉身）

文：會更辛苦的。

（文離開）

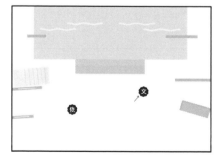

依：辛苦？

（文腳步稍停，又繼續前進，退場）

依：辛苦就熬嘍！

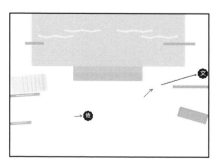

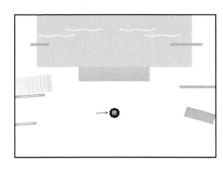

依：只要兩個人能在一起，怎麼辛苦都會甘之如
　　飴的……

※暗場

（依緩緩吐出她的遲疑……）

依：對吧？

《第四場》尷尬甜蜜‧紫依回憶

角色：關關、佑佑、小七、小婷、紫依

場景：後台～大廳

【4-1】

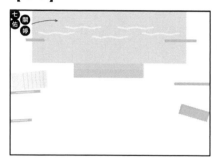

（婷、關、佑、七四人拿著要亮不亮的手電筒邊走邊說話）

佑：這手電筒怎麼要亮不亮的啊？

※燈亮

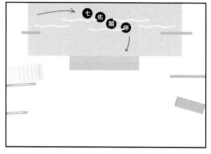

婷：這個廢墟還曾經是舞廳喔？

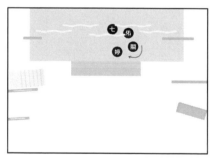

關：唉喲，這裡蜘蛛網好多好髒喔！

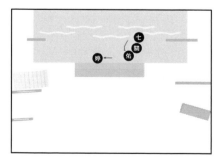

（佑幫關弄掉頭上蛛網）

佑：我走前面好了啦。

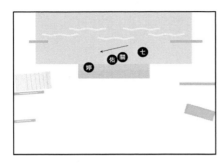

七：唉喲佑佑啊，還懂得憐香惜玉喔～

（關瞪七）

關：閉嘴。

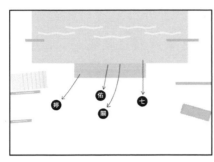

（四人回到大廳）

佑：家妮呢？怎麼才一個轉角她就不見了？

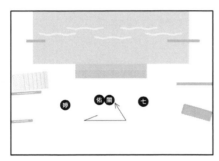

關：我們又回到同樣的地方了啦！這裡跟迷宮一
　　樣……吼喲……今天走了整天，我腳痠死了！
　　我要休息！

七：你真的很麻煩耶！

關：我不管我要休息！

佑：那就休息一下吧。

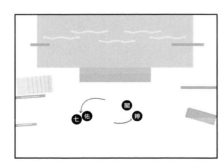

七：佑佑啊！你不要老是當這個「潑婦」的應聲
　　蟲啊！

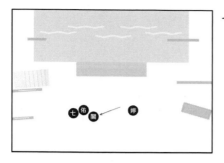

七：拿出一點男子漢的氣魄啦！

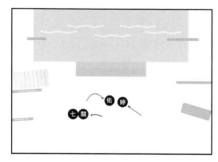

（關推開佑朝七走去）

關：他怎麼樣不用你管！我覺得這樣很好，我就喜
　　歡他這樣──聽話！怎樣！

（全部人定格，佑疑惑）

佑：喜歡我……聽話？

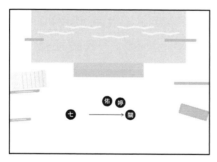

關：反正我現在腳很痠很痠！我要休息！

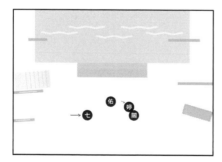

七：你真的很麻煩耶，啊休息休息。

（關看了看四周）

關：這裡這麼髒，根本沒地方坐！

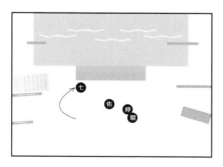

（七馬上清了個空位）

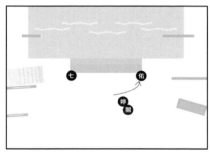

（佑等到七清完才反應過來要清，邊清邊失落的看著小七，覺得有點不如人的自卑起來，然後看著關）

七／佑：坐這裡吧！

（七、佑各自指著自己清出的位置，尷尬對看）

（關左看右看，不知該坐哪，氣氛尷尬）

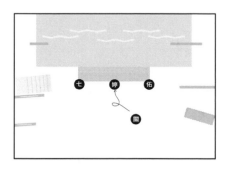

（婷見狀，馬上衝去在中間位置清出空間）

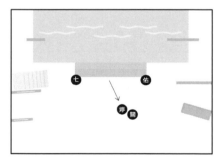

婷：坐這裡坐這裡。

（婷對著三個人一直笑，笑得很假）

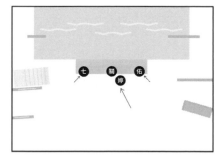

（關坐了下去，七、佑兩人也各自坐在她的兩邊，氣氛一樣很尷尬。婷一個人走到前面，遠離尷尬氛圍。）

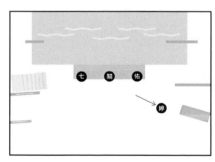

婷：感情這玩意真是太複雜了～這個跟那個是那個，那個和這個明明更那個，啊可是那個偏偏也很那個⋯⋯唉⋯⋯

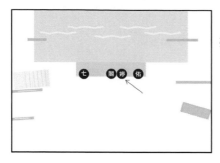

（婷轉身見尷尬的三人，坐到關、佑之間，發覺自己坐的位置好像不妥，於是無措間動動手電筒，手電筒竟恢復正常。）

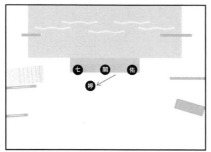

婷：欸！手電筒好了耶，你們休息休息，我再去看
　　看有什麼可以發現的！
關：你膽子這麼大啊？你要自己去？
婷：我膽子一向很大啊！

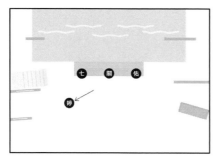

（婷走遠暗自碎唸）
婷：一直面對你們這麼尷尬才叫膽子大吧？！我
　　走嘍！

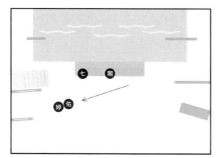

（佑站起，看看關、七，覺得自己待不下去了）
佑：小婷！我跟你一起去！
關：佑佑？
（佑勉強笑著）
佑：呵……其實我是想大便……我膽子小，小婷陪
　　我就好了！
婷：拉屎要我陪你啊？
佑：（佑拉婷衣角）唉喲！你膽子大啊！（佑對著關）你
　　腳痠就休息吧！我們很快就回來了！走吧。

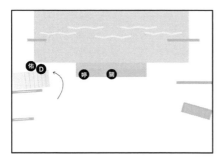

（佑離開前又看了看兩人，神情很複雜，婷則搖頭無奈）

關：什麼不多屎尿多。

（關、七無言尷尬，對看後又別過頭）

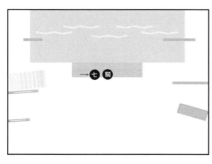

（七移近關）

七：這樣分開行動，我怕他們會有危險耶。

關：什麼時候開始這麼細心了？那怎樣？跟著去嗎？我腳還很痠耶。

七：痠？我看你逛街的時候就健步如飛！

關：什麼！這哪有一樣？你不痠就不要坐著啊！

（關推開七）

七：嘿！我偏要坐，我還躺著咧！

（七大字形靠在關身上，兩人靠頭背對背）

關：你……走開一點啦。

（關聲音變小，帶點害羞的意味）

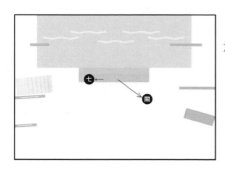

（兩人同時轉頭對看，彼此心動，氣氛陷入絕頂尷尬！關站起走開）

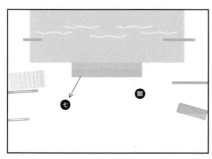

歌曲：【尷尬甜蜜】

七唱：幼稚園的一隻小青蛙

　　　到底　抓住牠

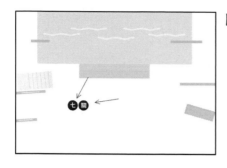

關唱：還是放了牠

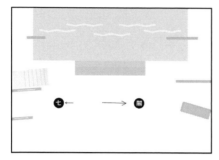

合唱：男孩女孩嘟嘴賭氣不回家

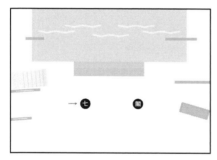

七：我們認識了好久吼。

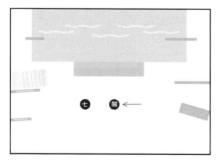

關：從幼稚園到現在，是很久了，

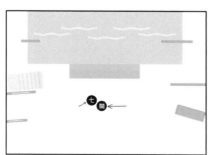

關：說這個幹嘛？

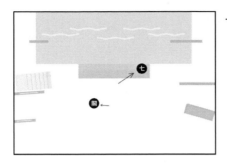

七：我想說你從小到大都一樣幼稚！

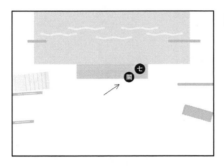

關：你以為你不是嗎？

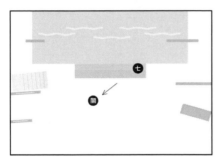

關：幼稚兼白癡！

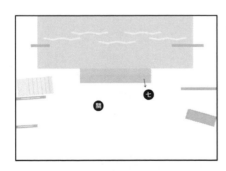

七：謝謝你的誇獎喔！

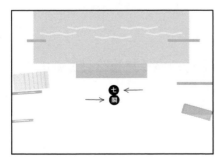

七唱：然後夕陽趕著要西下
關唱：還在　臉頰紅開心地吵架
　　　小青蛙

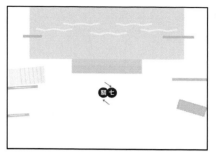

合唱：覺得有趣也不回家

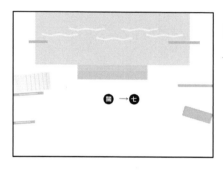

關：你真的無聊當有趣耶。

七：彼此彼此互相互相啦！

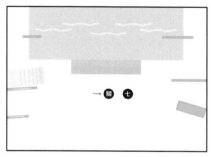

關：小·眼·睛！

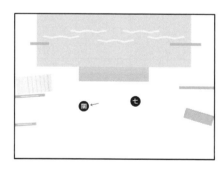

（關講完便跑到一旁）

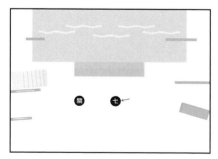

七：欸！說過不准提眼睛的嘛！警告你快道歉喔！

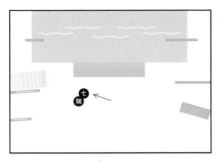

七：快道歉喔！不然我就……（七搔關癢），快點跟
　　我道歉、快點跟我道歉～

關：走開啦！好嘛～對不起嘛～

【4-2】

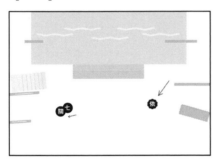

（依戴著男帽，一臉在思考走到兩人面前，七、關兩人嚇到抱
著閃到一旁）

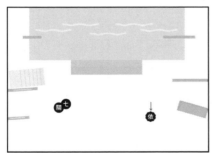

依：欸，我問你們，兩個相愛卻無法在一起的人，
　　私奔是好主意嗎？

關／七：啊？

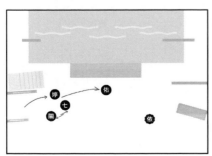

佑：當然不是啦！
（佑、婷由舞台右登場）

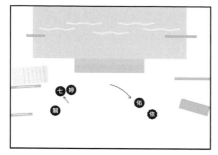

佑：有什麼事不能解決的呢？為什麼一定要偷偷摸
　　摸的逃避當解決？

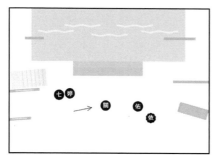

（關走回佑身邊）

佑：不論是什麼事，只要能發自真心的去解釋、坦
　　白，一定都能解決的。

（雖然佑似在跟依說，但看著的卻是關、七）

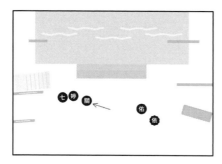

（關低頭迴避）

關：幹嘛看我……

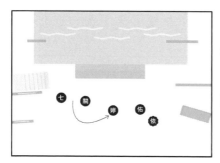

（婷尷尬的附和佑的話）

婷：對啦！沒有事情是解決不了的呵呵……

（關、七、佑再度呈現詭異氣氛。婷實在不想理會，於是轉
向依）

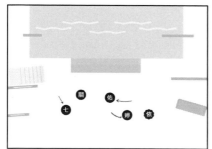

婷：嗯……鬼小姐……嗯……你好像叫紫依…
　　你……有想起什麼了嗎？

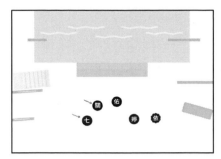

七：對啊你有沒有想起來你是誰了？

（依自顧自的說話）

依：紫依，對呀，

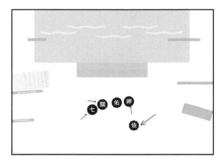

依：我是叫紫依，我家裡窮，沒辦法，我就去當了
　　歌女嘍！

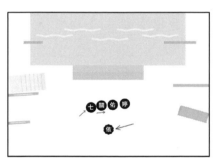

依：好不容易熬成了第一紅牌，

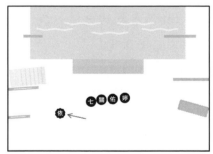

依：還認識了念恩……

（依拿下帽子，陶醉貌）

依：我們相愛……但他有未婚妻……不過說好了我
　　們要一起走……

（依笑）

七：果然是很芭樂的劇情！

關：噓！

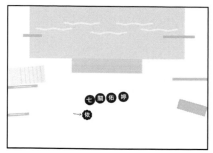

（依仍自顧自的說話）

依：我們要一起走的……應該就好了呀，怎麼？沒
　　有呢？我為什麼還在這裡？

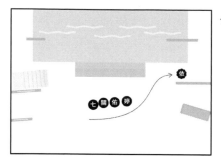

依：為什麼……
（依慢慢走遠）

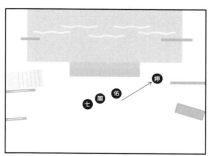

婷：欸鬼小姐！不是！紫依小姐！我們可以走了
　　沒？喂！喂！喂？

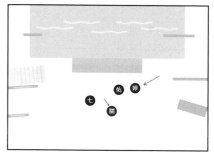

關：很好，她想起來的跟我們看到的一樣，我們知
　　道的她也都知道，所以接下來呢？！
（關快抓狂）

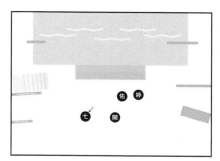

七：所以我們要知道她不知道的？
佑：看來不等她想起全部的事，我們還是出不去的，

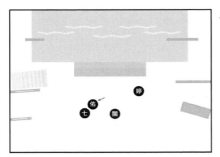

佑：走吧。

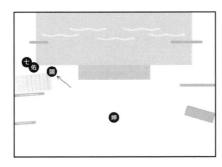

（佑走到七與關中間，拉著七先離去，關也跟著離開）

（婷看看四周）

婷：唉～有得等嘍！

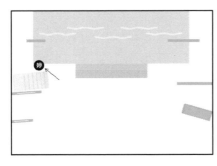

（婷轉頭發覺人走光了，追上）

婷：等我啦！

※暗場

《第五場》優柔寡斷

角色：佳文、紫依、念恩

場景：有月光暈暈的榕樹下

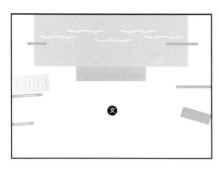

※燈亮

（文站在中間）

歌曲：【迷惘】

文唱：熟悉的　不可切割的美麗　平靜甜蜜

　　　神奇的　如摸索寶藏的刺激　悸動開心

　　　堅定不移　好難

　　　不去面對　沒那麼簡單

　　　迷失自我　難道就是迷惘的後果

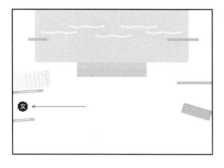

（文看向一邊，落寞退場）

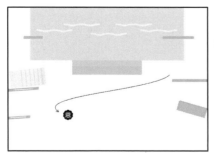

（恩從文剛剛看的方向跑出場，著急的左看右看，知道依還沒到）

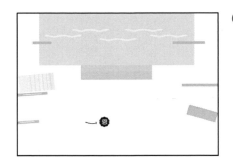

（恩再看時間，鬆了口氣，慶幸沒遲到，）

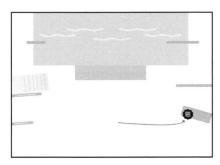

（恩坐到椅子上並將手上的外套放下。）

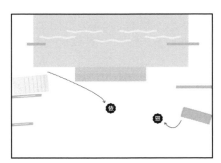

（沒多久依到了）

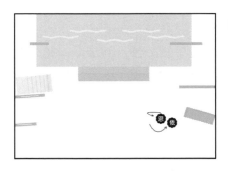

（恩扶依坐下，兩人相視微笑。）

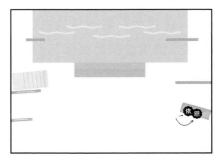

依：你的未婚妻來找過我。

恩：佳文？

依：是啊，

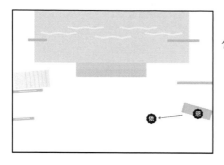

（依站起走離恩）

依：你的好佳文嘛～

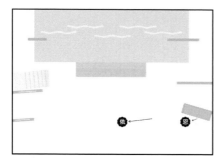

恩：你跟她說了什麼？

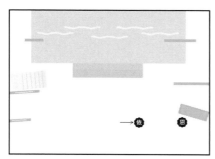

依：你不問她跟我說了什麼，問我對她說了什麼？

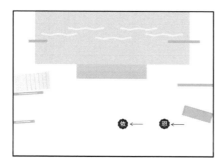

恩：別誤會，我只是怕你……

依：（依玩笑口吻）怕我傷了她？哼，這麼關心她？我
　　看你還是回到她身邊算了，

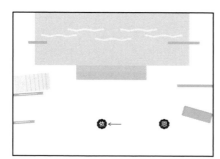

依：她跟你青梅竹馬，又是門當戶對，這樣也合了
　　你們家的心意！你可以繼續當個大少爺！

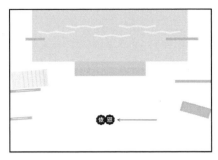

恩：我……紫依，跟你在一起我真的很開心……但
　　是……我跟她從小一起長大，

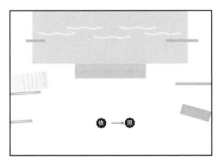

恩：我把她當作是妹妹……我……我不想傷害她。
（依臉色一沉）
依：你這是什麼意思？你要娶她？你不跟我一起
走了？
恩：我……

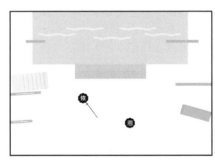

歌曲：【迷惘】
恩唱：熟悉的　不可切割的美麗
　　　平靜甜蜜
　　　神奇的　如摸索寶藏的刺激
　　　悸動開心
　　　需要守護的太多

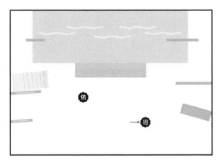

恩唱：若要說我無恥
　　　我
　　　願意接受
　　　我願意接受　我會愛誰　誰在想我
　　　難道就是存在的結果
　　　優柔是因為什麼　寡斷是不是想要為了某某

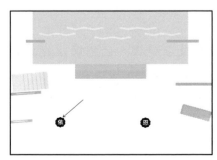

恩唱：無法為所愛　的排上先後順序
　　　因為不想都失去　我　舉棋不定
　　　選擇時刻　分割的心
　　　閉上眼睛能不能下定決心

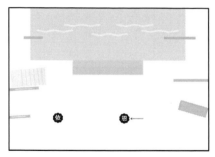

依：你真是令我失望。

恩：紫依，我…我不想傷害任何人，包括佳文、包括我的父母。

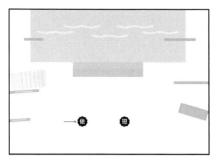

依：那你就能傷害我？……也傷害你自己嗎？

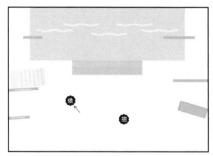

恩：我……

（恩見到紫依失落的樣子，突然湧上決心！）

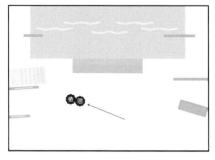

恩：不！紫依！我不會娶她的！從小到大我都照著人家安排好的路走，讀書、興趣、事業、婚姻……從來就沒有什麼是我自己做主的！我這次要自己決定，我要離開，不管什麼繼承家業！也不再想佳文會怎麼樣了！我要帶你一起走！

依：真的？

恩：真的！

（依笑顏逐開）

依：好，那我得把行李整理整理，我明晚唱完最後一場，你來接我，好不好？

恩：好！我家裡人明天全要出門，正好沒人管我。那你得小心別讓你那的人發現，不然你就走不了了！

依：我知道，你也是。

依：那我就回去整理行李，再見。

恩：再見。

依：再見。

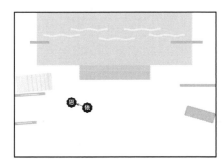

（依走，恩卻沒放手）

恩：再見。

依：再見。

（依走，停步，以為恩一樣不放手，但恩已放手，依杵在那
艦尬）

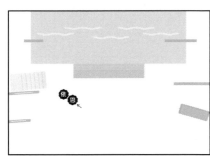

（恩笑著去拉依的手）

恩：再見。

依：再見。

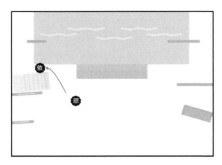

（兩人依依不捨的鬆開手，依退場）

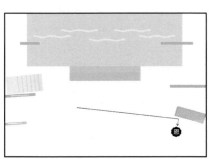

（恩回椅子拿外套，望著前方深呼吸）

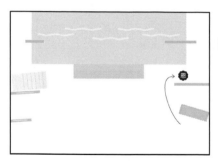

（恩退場）

※暗場

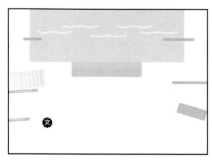

※燈亮

（佳文失魂落魄的繼續唱著歌）

歌曲：【迷惘】

文唱：沒了期待的目標　好痛

　　　如果停止思考　有沒有用

※燈暗

《第六場》迷宮廢墟‧紫依之死

角色：關關、佑佑、小七、小婷、紫依

場景：後台～大廳

【6-1】

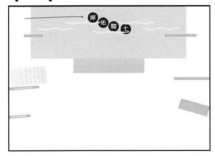

（七、關、佑、婷在後台走，關拉七的衣角）

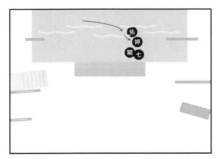

（七趁機抓著關的手，婷見到，刻意咳嗽）

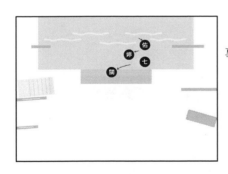

（七、關趕緊鬆手，佑則沒注意到關、七，反而問婷發生什麼事，婷搖頭表示沒事，四人又走回大廳。）

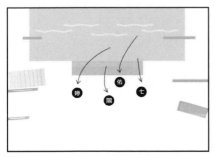

關：吼！又走回來了！

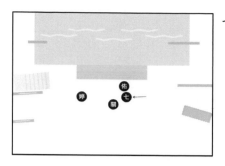

七：有沒有搞錯啊！

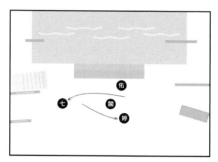

佑：走來走去也不知道是在做什麼？

七：我看我們乾脆不要動等那些鬼的影像自己出現
　　好了！

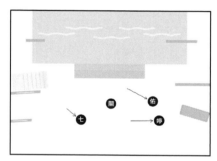

婷：那、

（七插嘴）

七：那早知道我們就一直通通不要動，（七對著關）
　　省的腳痠，喔？

關：對啊。

（關跟七說完後看了佑一眼，想看佑的反應。）

婷：啊、

（婷又想說話，但又被七打斷）

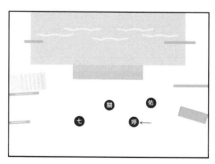

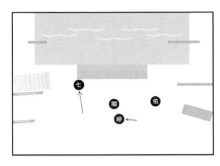

七：那我們就不要再走了吧！等那個鬼自己出來
　　算了！

（七走去台階坐下）

婷：不是啦，我是這樣覺得……

（婷還沒說完，佑馬上回應，對七反駁）

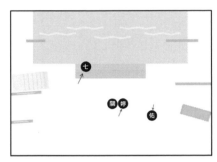

佑：不行，不動可能就碰不到機關！

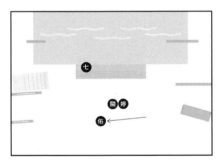

佑：就跟RPG遊戲一樣，一定要走到某個區域、摸
　　到什麼東西之後劇情才能繼續，

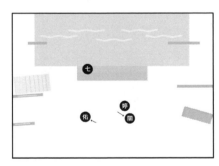

佑：我們還是走吧！

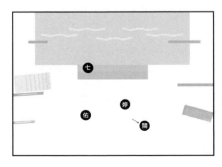

（關嘲笑佑）

關：哪有這樣跟遊戲一樣的啊？

（佑微怒）

佑：你不信我就不要再走啦！

（佑講完後悔自己語氣太重）

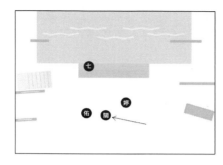

（關驚訝）

關：你……剛剛……是在兌我嗎？

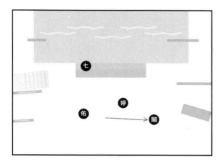

（關講完扭頭就走，發嗔）

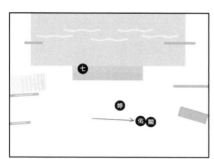

佑：我……關～對不起。

（婷正要說話，七又插嘴）

七：佑佑，原來你會生氣啊？這樣關關會傷心喔！

（七故意開玩笑，藉此逃避自己和關的曖昧）

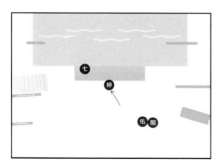

（婷瞪七）

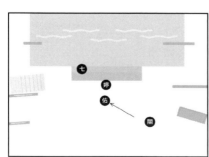

（佑火氣再升）

佑：那你就可以去安慰她了不是嗎！

七：啊？

（七和關對看，都感到慚愧，兩人居然把脾氣這麼好的佑惹火了。）

（佑再度覺得自己語氣太過分，有點慌）

佑：總之，我們快點再多走走看看吧！

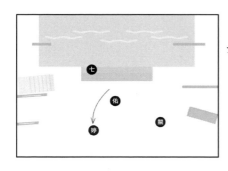

（婷對著觀眾）

婷：反反覆覆，不說會難過，說了又後悔，這就是
感情的矛盾啊！

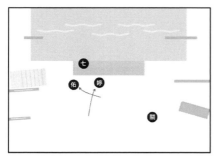

（婷走到七前）

婷：走了啦！還坐著！

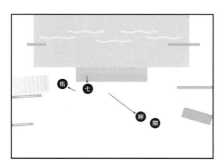

（婷轉身叫關）

婷：關，走了喔！

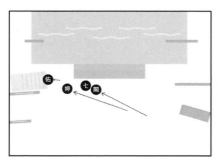

（關走到七旁抱怨）

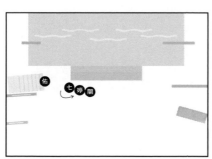

（婷轉身到關、七之間隔開兩人）

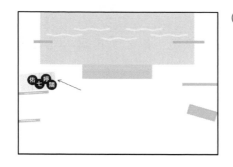

（四人走上二樓）

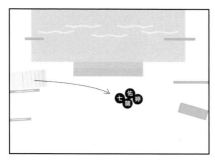

七：鬼啊！
（四人急忙下樓）

【6-2】

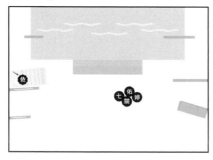

※二樓燈亮
（依在二樓，戴著玉佩，對著樓梯回憶。依摸樓梯，專注思考，突然時空轉換，她變得朝氣蓬勃）

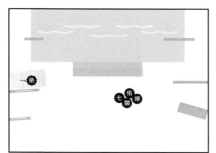

（依笑得花枝亂顫）
依：呵呵呵～就是等一下了，

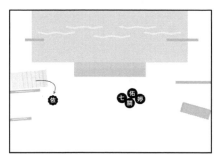

依：等一下就能跟念恩走了！等一下……就能一起
　　走了。

（依伸手要拿應該在地上的行李卻撲空，發覺自己忘了將行李
帶下樓，笑自己太大意）

依：瞧我！

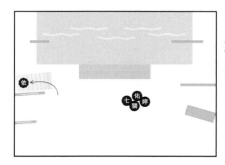

（依轉身走回樓梯上，拿起行李要下樓，突然失足摔落！尖叫
加墜落聲）

※依摔落同時二樓燈暗

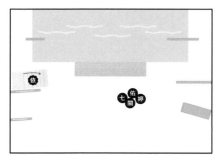

※二樓燈暗同時中間四人燈亮

（四人在依墜樓後同時因驚嚇而尖叫）

※暗場

《第七場》佳文看開、幽靈紫依

角色：念恩、佳文
場景：念恩房間、舞臺（二樓）

【7-1】

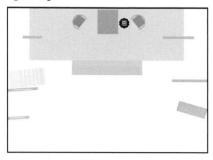

（恩心情愉悅的收拾行李，擦了擦有依相片的相框，放在一旁，繼續收行李）

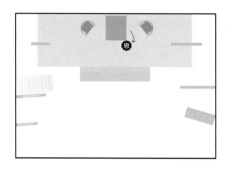

（不小心把相框弄掉到地上，恩撿起）

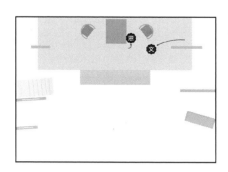

（文默默走進）

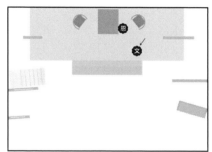

文：你真的要走？
（恩微驚）
恩：佳文……你怎麼來了？
文：你就這樣拋下我？

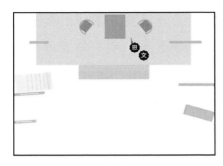

恩：我知道你一直都對我很好，

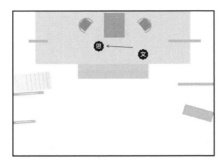

恩：但是……我們只是指腹為婚，我們之間……

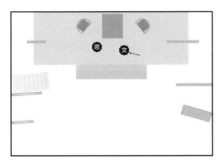

文：我並不只是對你很好而已，我對你的感情也絕
　　不只因為指腹為婚！

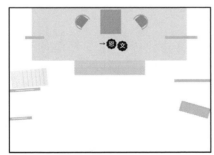

恩：佳文，我一直都把你當成一個知心朋友、一
　　個……好妹妹。
文：妹妹？

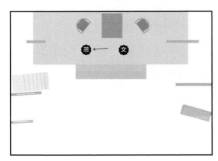

恩：真的，真的對不起，但我真的不愛你。

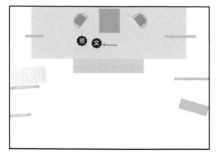

文：你想娶她？你寧願要一個身分不明的舞女也不要我？你能和她撐多久？你不是愛她你知道嗎？

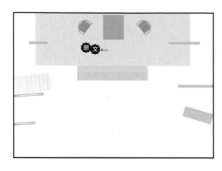

（文雙手抓住恩）

文：你愛的只是自由！

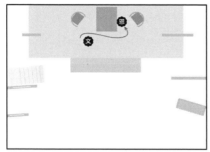

恩：不是！

（恩對自己的信心稍微崩解，走到行李箱前，繼續整理行李）

恩：不是的。我…我是愛她的……沒錯，跟她走，也是為了能離開這裡……但是，我…我真的愛她！

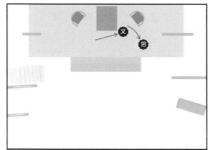

文：你不是！你只是要自由，等你吃了外面的苦，你就不再愛她了！

（文靠近恩，恩避開）

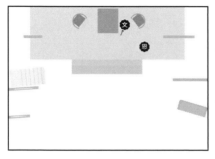

（文將恩的行李內的衣服一件一件拿出來）

文：你只是想要自由，想一切都隨自己的意思過，

（文看見依的相框，拿起舉高準備摔）

文：我可以的，我可以給你自由！

（文正要摔相框）

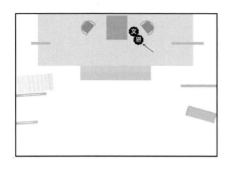

（文將依的相框摔落前被恩阻擋）

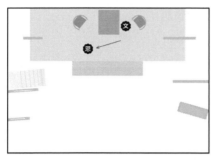

（恩搶過相框）

恩：你不要把我看輕了！我沒這麼窩囊！

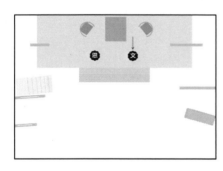

（文戚然苦笑）

文：你好好想想吧！你太看得起自己了。

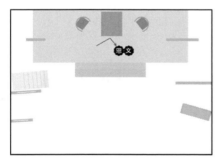

（恩將相框放桌上）

恩：佳文，你怎麼會變成這樣？這不像你，你一定
　　會讓我走的，對吧？

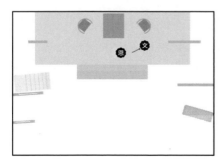

文：你一點也不懂…我不是因為爸媽的關係才要嫁
　　你，不是……

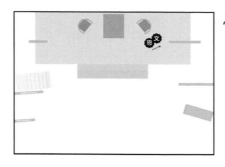

恩：佳文……

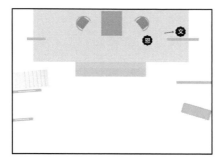

（文甩開恩的手，衝出房外將恩鎖在房中）

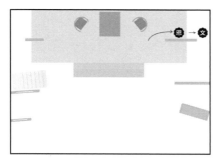

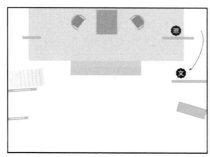

恩：佳文！……紫依……紫依在等我！佳文！開
　　門啊！

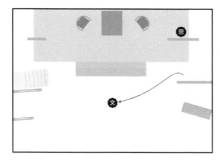

（恩一直求文開門，文置之不理並從舞台左後方出。文一時間
傷心、悲憤、不忍，種種情緒湧上心頭）

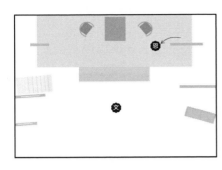

歌曲：【珍愛】

文唱：無論你最後

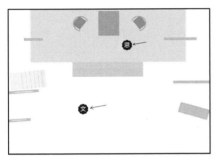

文唱：選擇敲開誰的心扉

　　　我總是記得

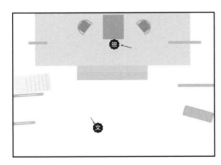

文唱：你向著我笑的模樣

　　　愛　是美麗毒

　　　我　中了你的毒

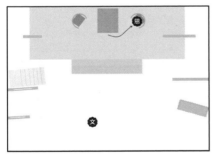

文唱：不想解毒　再入侵我的全部

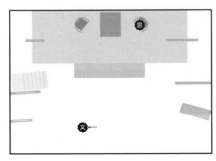

文唱：無論你最後　選擇離開誰的心扉

　　　我總是記得　你向著我笑的時候

　　　若　可以改變

　　　夢　永遠不會變

　　　期待未來　去放逐我的愛

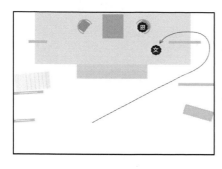

（文看開）

文：我真是瘋了，怎麼變得這麼無理取鬧？

（文將門打開）

文：你走吧。

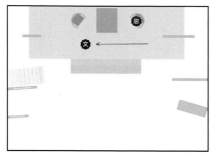

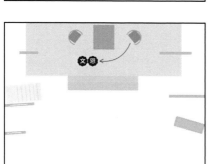

（恩握著文的手，感激之情不可言喻）

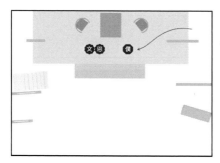

（恩的僕人衝入）

僕：少爺！呃，蕭小姐。

（文頷首）

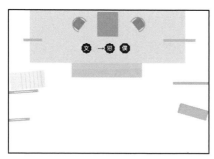

恩：怎麼了？不是要你去幫我打理門路嗎？怎麼回
　　來了？

僕：少爺……紫依小姐她……她死了。

恩／文：什麼？！

（恩受打擊，晴天霹靂）

※暗場

【7-2】

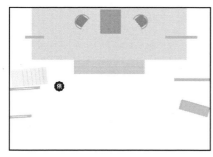

※燈亮，昏暗

（紫依倒在地上，搖搖晃晃的站起，面對四周顯得茫然）

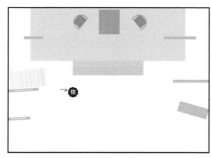

依：我……我死了？死了……變成鬼……

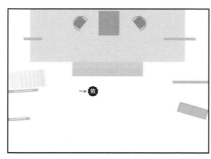

依：我是誰？我是誰？

（依走走停停，手足無措）

依：我會是誰呢？會是誰呢？

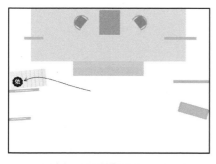

（依碰碰自己，思考回憶著，突然靈機一動！走上二樓拿出念恩的帽子）

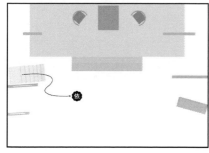

依：呵呵呵～我是他！是他……

（依走下樓，戴上帽子）

依：是他呵呵呵～他又是誰呢？他是誰呢？

（依拿下帽子，抱在胸前）

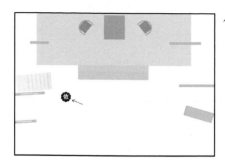

依：不管！是他，我是……我是……呵……

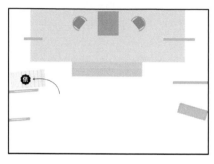

（依笑著走上二樓）

依：呵呵呵呵……

※暗場

《第八場》念恩病重

角色：念恩、佳文
場景：念恩房間

（恩咳嗽聲）

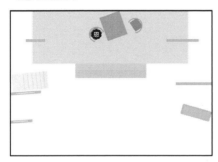

※燈亮
（恩面色憔悴，在躺椅上有氣無力的，拿著依的相框看）

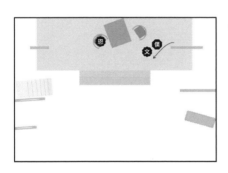

（文走進）

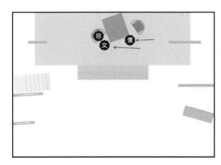

（文將相框抽起，放到桌上，恩瞪了她一眼，文裝作不在意，跟在文後的僕人把藥放桌上，文拿起藥）

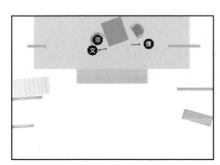

文：念恩，喝點藥吧！

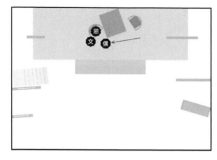

（恩不喝，把藥弄翻，僕人趕忙收拾）

文：再去端碗藥來給少爺。

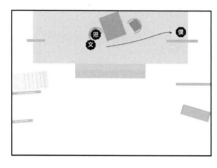

僕：是的，少奶奶。

（僕人出房拿藥）

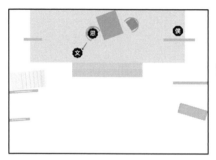

（恩咳嗽，文幫他拍背順氣，恩執意要拿依的相框，文無奈，走到房前不願回頭看恩）

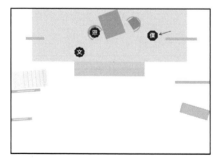

（僕人回來）

僕：少奶奶。

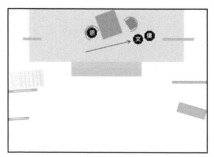

（文走到房門口接藥，僕人不忍恩的執著以及文的委屈，和文寒喧幾句。而恩在此同時劇烈咳嗽，斷氣）

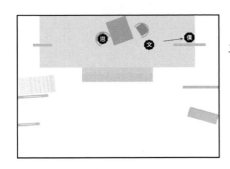

文：好了，去忙你的吧。

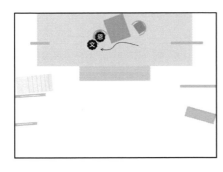

（轉身走近恩，發現恩竟無聲響）

文：念恩，念恩？念恩！

（恩病重逝世，文傷心欲絕。）

※暗場

《第九場》真相大白‧家妮現身‧逃離廢墟

角色：紫依、關關、佑佑、小七、小婷、家妮、念恩
場景：大廳

【9-1】

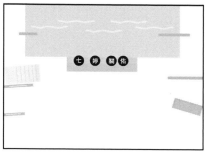

（關、佑、七、婷因為一切已真相大白，在大廳各有所思的坐著）

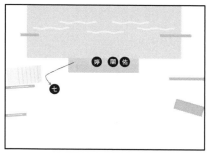

七：好可惜啊，紫依那麼開心，結果居然摔死了。

關：她變成了鬼也還是想著念恩，想到自己都變成他，真是癡心啊！

（關靠近佑，七別過頭不看關，婷則是看著兩方的動靜）

關：念恩也很可憐，紫依死了，自己又不愛佳文……

佑：佳文最後居然還是嫁給念恩，可是念恩根本不愛她……如果當時佳文不纏著念恩，讓念恩早點去找紫依，紫依會不會就不死了呢？

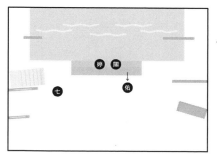

（佑感慨的看關、七，站起）

佑：紫依如果成功和念恩在一起，說不定佳文也能再另外找到更適合自己的幸福……

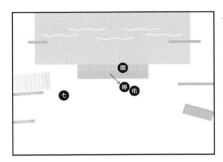

婷：唉～發生的事是無法改變的！這個啊，

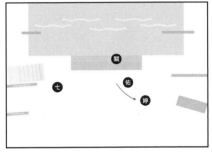

婷：就是三角關係的麻煩！
（關、七對看，然後一起看向佑，佑落寞。婷純粹的感慨卻讓
場面尷尬，婷發覺後馬上陪笑）

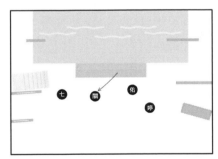

（關提起精神跳脫凝重氣氛）
關：真相大白了，但她怎麼會失憶？
七：啊災！

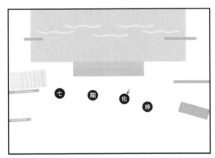

佑：我猜她什麼都不記得就是因為摔下來的時候，
　　先撞到腦袋，然後失憶，然後再順便死掉。

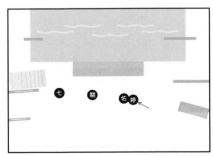

婷：不要講得這麼明白，等一下被她聽到……

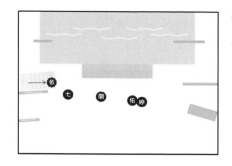

（依走了出來，四人嚇到）

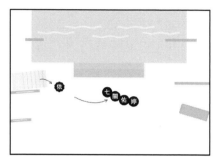

依：原來……就這麼沒了……費盡心思去換來的，
　　竟然就只是突然的結束。

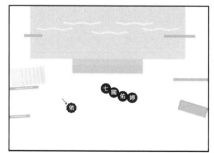

依：唉～

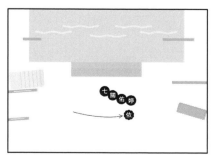

依：你們走吧。

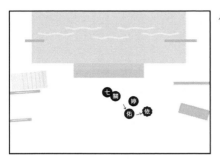

佑：就……就這樣？

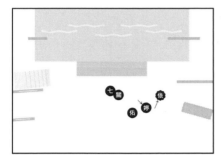

婷：我們可以走了？

（關、七樂而忘形，擊掌歡呼）

關／七：耶！

（佑、婷盯著關、七，兩人的喜悅稍微收斂）

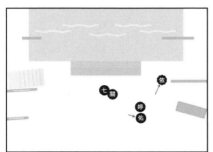

佑：那你呢？

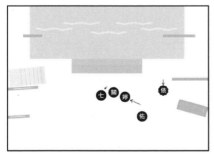

依：我不知道，不知道……這輩子都不知道我在做
　　什麼……原來想做什麼就去做，也未必能夠圓
　　滿……但是如果不去做呢？我對得起自己嗎？
　　唉～要是我不死，

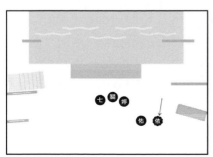

依：我能和他在一起多久？我真的是為了愛他嗎？

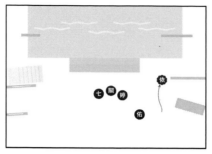

依：他又算是愛我嗎？

（依邊說邊走遠）

（佑趕著對依說話）

佑：如果你想得這麼多，都在計較、都在算計這段
　　感情，想著遲早分開，我想你的確不是愛他。

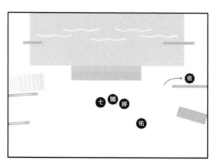

（依停住腳步）

依：沒錯，我也知道，我也知道不該多想……但他
　　知道嗎？

（依笑著嘆一口氣，離開）……

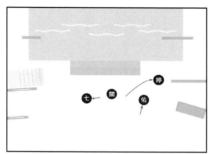

婷：紫依小姐……

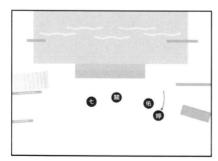

（婷見依已離開，轉問大家）

依：我們，就這樣走啦？

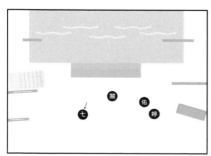

七：不曉得她會怎麼樣？

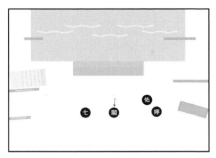

關：對啊，不曉得她會怎麼樣。

（關看著七）

關：我們⋯⋯又會怎麼樣？

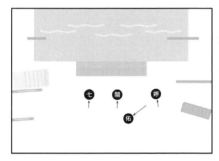

（佑看著關、七）

歌曲：【珍愛】

佑唱：無論你最後　選擇離開誰的心扉

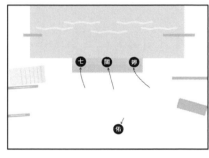

佑唱：我總是記得　你向著我笑的時候

佑：若可以改變，夢永遠不會變，期待未來，去放
　　逐我的愛⋯⋯

（佑微笑呼了口氣）

佑：也許我也該放開手，去尋找更適合我的幸
　　福⋯⋯

（佑轉身向關）

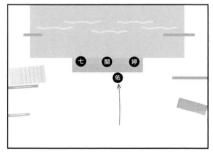

佑：關，我們以前是最好的朋友。

（佑握住關手）

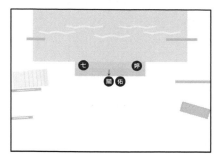

關：嘎？

佑：以後也會是最好的朋友。

（佑對著七）

佑：其實你們有時候吵架的樣子，

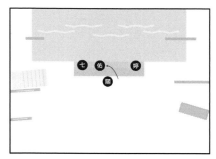

（佑搭七的肩）

佑：看起來真的很開心。

七：唉喲～你……你想說什麼？

（七挪動肩膀讓佑手離開）

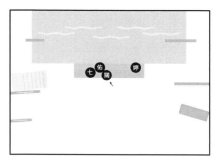

（佑抓住七的手）

佑：我們每個人都要認清自己想要的，不要因為覺
　　得難堪，也不要想說再多忍一下下，這樣到頭
　　來會錯失很多機會，把握現在吧！

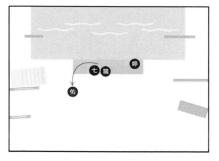

（佑將關、七的手放在一起，然後黯然走開）

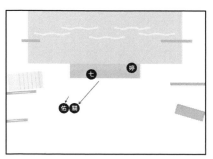

（關放開七的手，走向佑）

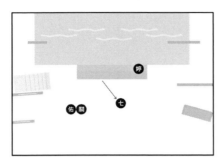

關：你現在是想分手嗎？

佑：關，你自己也很清楚不是嗎？我們一向都像是
　　「好姊妹」……我們之間，其實不是愛情啊！

關：佑佑……

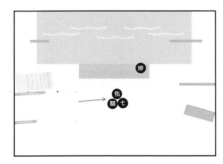

（佑拉著關去七旁）

佑：你們兩個真的很配啊！一個兇巴巴一個恰北
　　北，天生一對！

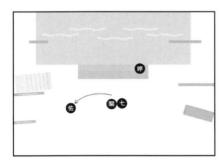

（佑將七手搭在關肩上，自己落寞的走開）

（七暗爽）

七：喂……

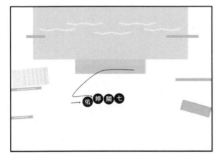

（婷將佑拉回）

婷：對啦對啦！要把握現在啦！聽我說～莫・
　　生・氣！

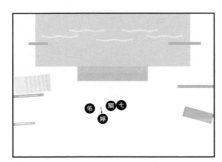

人生就像一場戲，因……

（婷被三人摀住嘴）

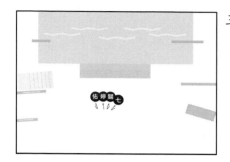

三人：喂！

【9-2】

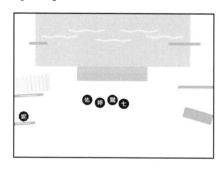

妮：（恩合聲）誰都明白要把握現在，但把握了現在
　　卻不能預測將來，
妮：（恩合聲）如果當初的那個「現在」我能把握
　　住，她能不能不摔下來？
（四人尋找聲音來源）

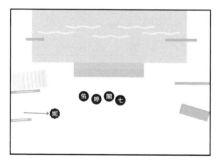

（妮走出來）

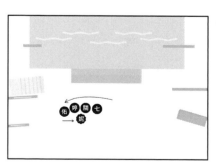

四人：家妮！

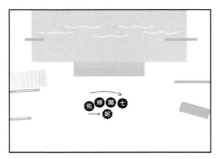

婷：你終於出現了！你到底是怎麼了啦？三更半夜
　　一個人跑來這種地方，我們找你找得很辛苦
　　耶！

佑：就是啊！

（四人猛點頭）

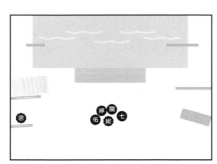

※右側燈亮，恩站著

（恩聲，妮對嘴無聲）

妮：什麼把握現在！什麼為了將來！一切都只是
　　枉然。

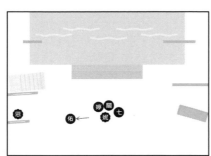

婷：把握現在不全然是為了將來呀！未來是不可知
　　的，可能不能說把握了現在就會有什麼美好的
　　將來，但你不把握現在，

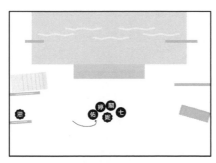

婷：根本連未來都沒有！

佑：對啊，怎麼會是枉然呢？努力過的事就是努力
　　過，不會枉費的啦！

（恩聲，妮對嘴無聲）

妮：那還沒開始努力就失敗了呢？

婷：什麼？

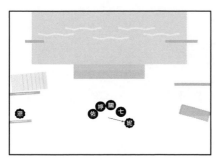

（妮以文的身分說話）

妮：怎麼會是失敗？你們根本不是失敗……

（恩聲，妮對嘴無聲）

妮：不是嗎？唉……都是我的錯……我害了她……
　　也害了你……

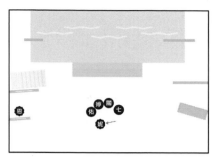

（妮以文的身分說話）

妮：不，誰也沒錯……

（附身於妮身上的恩和文在對話，四人驚恐）

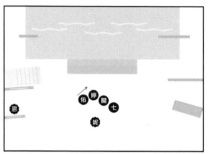

佑：好可怕！

（佑躲到關背後發覺不對，改到婷後面）

七：他一定是中邪了啦！

關：我們跟那個紫依女鬼應該算處得不錯吧？她幹
　　嘛要這樣對家妮啦！

婷：不對喔，家妮身上的應該不是紫依喔！

關：那是什麼東西啦？！

（妮以文的身分說話）

妮：都這麼多年了，你怎麼還放不開？

（恩聲，妮對嘴無聲）

妮：你也沒走啊！

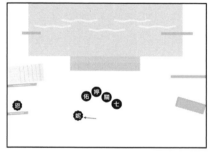

（妮以文的身分說話）

妮：你不走我怎麼能安心呢？

（恩聲，妮對嘴無聲）

妮：佳文……

七：佳文耶！

關：那另一個說話的就是那個什麼念恩嚕？

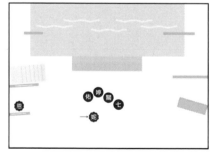

（妮以文的身分說話）

妮：為什麼要這麼執著呢？

（恩聲，妮對嘴無聲）

妮：我答應過她的，我要來找她，我對她的承諾，
　　我不能反悔。

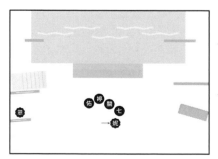

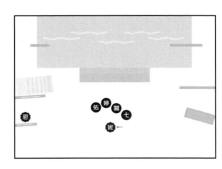

（妮以文的身分說話）

妮：好……既然這樣，你保重吧，一切都過去
　　了……執著和固執…只有一線之差。

（恩聲，妮對嘴無聲）

妮：固執？唉……

※右側恩燈暗

【9-3】

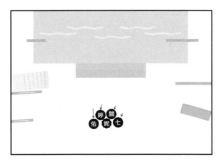

（四人接近一動不動的家妮，妮突然驚醒樣！大叫了一聲！）

妮：啊！

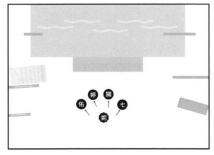

（四人嚇到也跟著大叫。）

四人：啊！

（妮很認真的著急）

妮：廚房火好像沒關！

四人：嘎？

妮：唉喲這裡是哪裡啊？

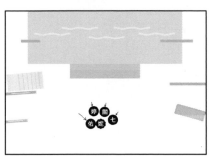

（妮對四周疑惑又恐懼）

妮：我們在這裡幹嘛？

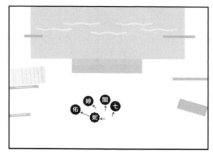

（婷試探性的對妮發問）

婷：啊請問你是家妮嗎？

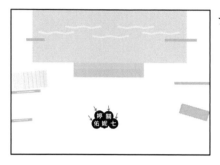

妮：啊？你說什麼啊？我不是你是喔？

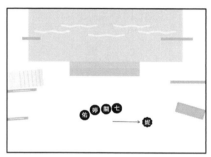

四人：耶！家妮回來了！

（四人拉扯妮，妮奮力甩開四人）

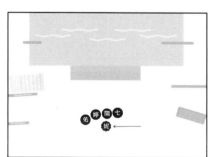

妮：啊～～你們在說什麼啦？這裡到底是哪裡？

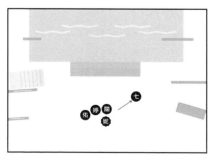

妮：我怎麼不記得我有來？

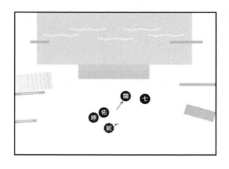

（眾人嘰嘰喳喳、比手畫腳的告訴妮事情經過，妮越聽越害怕）

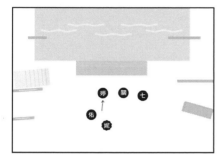

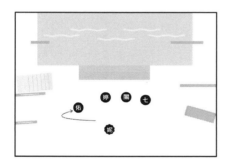

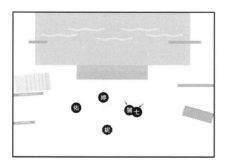

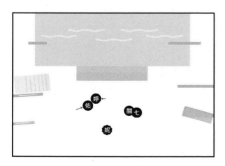

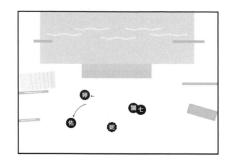

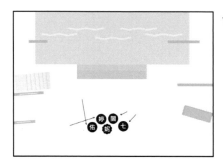

四人：就是這樣！

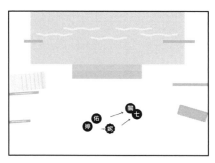

（妮極度恐懼）

妮：我被鬼附身喔？媽呀？快點走啦！在這裡幹嘛？

七：對啊快走吧！

（七拉著關的手要走）

妮：欸欸！

（妮叫住關、七，對這組合感到奇怪）

妮：你們兩個？

（妮轉頭問佑）

妮：嗯？

（佑做出詭異陰森的神情）

佑：你想現在聽嗎？

妮：不要不要！走了走了快走了！

（五個人在嬉鬧中離開）

※暗場

《第十場》愛侶重逢

角色：紫依、念恩

場景：舞台

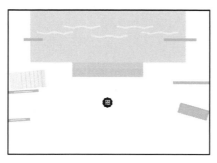

※燈亮

（恩站在中央）

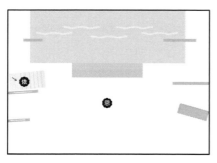

※二樓燈亮

（依出現）

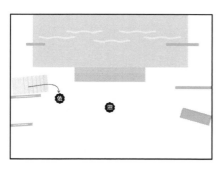

（依下樓，兩人對看）

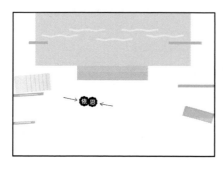

（兩人走近微笑擁抱）

※暗場

《第十一場》謝幕

角色：關關、佑佑、小七、小婷、紫依、家妮、念恩、舞群3人
場景：大廳

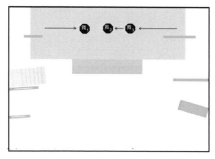

（燈火通明！五光十色！所有人出場唱唱跳跳）

歌曲：【夜上海】

夜上海　夜上海　你是個不夜城

華燈起　車聲響　歌舞昇平

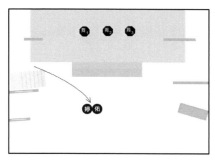

只見她　笑臉迎

婷：你大便很臭耶你！

佑：吼喲～

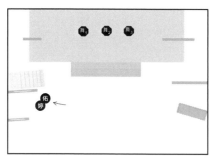

誰知她內心苦悶

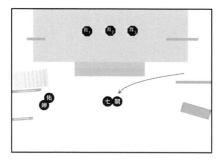

夜生活　都為了

七：快出來啦！

關：你真的無聊當有趣耶！

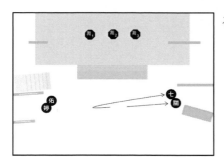

衣食住行

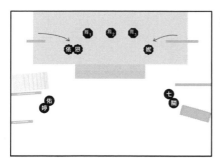

酒不醉人人自醉

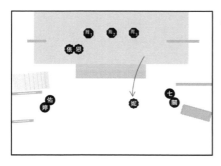

胡天胡地

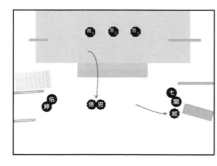

蹉跎了青春
曉色朦朧　倦眼惺忪

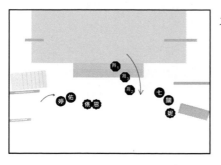

大家歸去

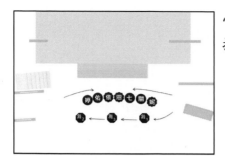

心靈兒隨著轉動的車輪
換一換　新天地

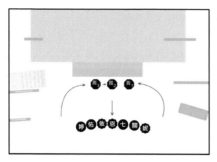

別有一個新環境
回味著　夜生活　如夢初醒

～劇終～

《緣‧點》──演出劇照

攝影：徐容琇

▲《緣‧點》排練時，演員練舞

▲30年代紅歌女 紫依

▲富家大少 念恩

▲《緣‧點》排練時，演員練舞

▲男裝女鬼的紫依

▲念恩送紫依隨身玉佩

▲紫依與念恩訴衷情

▲紫依、佳文兩女對峙

▲紫依告訴念恩有關與佳文對談一事

▲在公園等待紫依的念恩

▲念恩有點猶豫，紫依擔心

▲紫依與念恩思考如何面對未來

▲念恩決定帶紫依走

▲關關、小七獨處

▲佳文發現念恩即將私奔

▲佳文與念恩發生爭執

▲家僕帶來紫依墜樓身亡的噩耗

▲佳文思考將如何抉擇

▲紫依知道自己是誰，決定放四人離開廢墟

▲家妮終於回到朋友身邊

▲家妮被告知曾被佳文、念恩的鬼魂附身

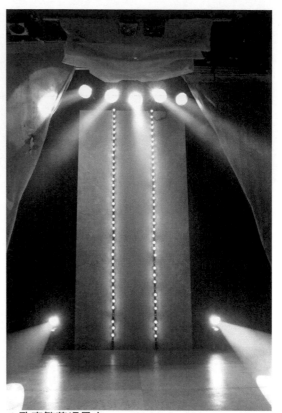

▲家妮嚇得要大家快離開廢墟

▲歌廳繁華場景之一

▲歌廳昔日繁華場景

▲歌廳繁華場景之二

▲歌廳繁華場景之三

參考文獻

一、參考書目：

朱靜美，《意象劇場：非常亞陶》。台北市：揚智文化，1999年。

安東尼・亞陶（Antonin Artaud）著，劉俐 譯，《劇場及其複象》。台北市：聯經，2003年。

C. R. Reaske著，林國源 譯，《戲劇的分析》。台北市：書林，1977年。

Itkin, Bella著，涂瑞華 譯，《表演學－準備 排練 表演》。台北市：亞太，1997年。

Owen, Mack. 著，郭玉珍 譯，《表演藝術入門－表演出學者實務手冊》。台北市：亞太，1995年。

鄔塔哈根（Uta Hagen）著，胡茵夢 譯，《尊重表演藝術》。台北市：漢光，1987年。

Allen, Pat B. Art is a Way of Knowing, Boston, Shambhala Publications, Inc. 1995.

Bernardi, Philip. Improvisation Starters-A collection of 900 improvisation situations for the theatre. Virginia, Betterway Publications, Inc. 1992.

Brockett, Oscar G., The Theatre An Introduction. Holt, Rinehart and Winston, Inc. 1974.

Cohen, Robert & Harrop, Jhon. Creative Play Directing- second edition. New Jersey, Prentice Hall. 1984.

Dean, Alexander & Carra, Lawrence. Fundamentals of Play Directing-fifth edition. Holt, Rinehart and Winston, Inc. 1989.

Felner, Mira. Free To Act-an integrated approach to acting. Holt, Rinehart and Winston, Inc. 1990

Goldberg, Andy. Improv Comedy. CA. Samuel French Trade. 1991.

Morris, Eric. & Hotchkis, Joan. No Acting Please- "Beyond the Method" a revolutionary approach to acting and living, New York, Spelling Publications, 1979.

Spolin, Viola. Improvisation for the Theatre-A handbook of teaching and directing techniques. Illinois, Northwestern University Press. 1983.

Whitmore, Jon. Directing Postmodern Theater-shaping signification in performance. Michigan, The university of Michigan Press, 1997.

楊雲玉年表

＊1984　　　文建會七十三年【文藝季】執行製作及演員

＊1985－1986　雲門舞集製作行政

《夢土》、【春季公演1985】、【秋季公演1985】南北巡迴

＊1986－1987　宇聲企劃傳播公司製作人及節目企劃

【國劇兒童歡樂週】與國立藝術館、IBM共同主辦，針對兒童設計之京劇介紹與示

範演出，分八項單元，於藝術館舉行八週。任製作人及活動企劃與執行。

《戲曲與文化》公共電視之文化報導節目。任執行製作及節目企劃。

＊1987　　　國內首創音樂歌舞劇《棋王》（張艾嘉、齊秦主演）之歌、舞者。

＊1988－1990　益華文教基金會經理兼魔奇兒童劇團經理

《魔奇愛玉冰》任製作人及行政經理，台灣巡演逾80場。

《彼得與狼》任行政經理、執行製作及演員，國家戲劇院戲劇廳6場。

《巫婆不在家》任製作人及行政經理，台灣巡演13場。

《大顯神通》任行政經理、執行製作及演員，台灣巡演逾30場。

《三國歷險記》任行政經理、執行製作、編劇，台灣巡演12場。

《魔奇愛玉冰II》任行政經理，國家戲劇院戲劇廳6場。

《哪吒鬧海》任執行製作、行政經理及演員，歐洲巡演7場，台灣巡演15場。

＊1990－1992　益華文教基金會之魔奇兒童劇團團長

《淨土八〇》任製作人及編導，台灣巡演18場。

《回到魔奇屋》任行政經理、執行製作，

國家戲劇院戲劇廳6場。

＊1992－1992　大成報藝文記者（戲劇藝術版）

＊1993－1995　美國奧克拉荷馬市大學表演藝術碩士

【MasterofPerformingArtsofOKLAHOMACITYUNIVERSITY】

＊1995　　　紙風車劇坊行政總監

《一隻魚的微笑》劇坊所屬之「風動舞團」新舞作，任製作人及行政經理。

《跳跳咚咚咚》劇坊所屬之「紙風車兒童劇團」新劇作，任製作人及行政經理。

【調戲一夏】台北市戲劇季，文建會、中國時報主辦，任行政經理、執行製作。於大安森林公園逾20團戶外接力演出，並首創專業劇團帶領企業團體配隊訓練演出，六團自訓練至演出完成歷時兩個月。

＊1995—1999　國立國光藝術戲劇學校劇場藝術科專任教師兼實習輔導處組長

任教表演訓練、表演實務、舞台語言與聲腔訓練、肢體與節奏、表演心理學、中國戲曲史、肢體創作等課程。

＊1997—1998　世新大學口語傳播系兼任講師

＊1999—2006　國立臺灣戲曲專科學校劇場藝術科專任教師

授課科目：國劇把子功、基本功、表演概論、表演藝術概論、劇場藝術概論、肢體創作、表演等科目。

另於專科部授課：劇場概論、西洋戲劇史、肢體創作、表演、畢業製作（編、導、演組）、表演基礎研究、中國劇場史、戲劇編創、創造性戲劇、戲劇表演（西方）等課程。

＊2002　參加哈佛大學教育研究所舉辦之「哈佛零計畫2002研習會」，論述〈多元智能在傳統戲劇教學運用研究〉出國報告。

＊2005　獲選教育部2005資深優良教師。

＊2005　受文建會聘任「臺灣大百科編纂計畫－戲劇類」審查委員。

＊2006—2007　國立臺灣戲曲專科學校劇場藝術學系兼任講師

授課科目：技術專題、表演、西洋戲劇史、劇本導讀、劇場藝術概論

＊2006—2008　實踐大學博雅學部兼任講師

授課科目：國文選修－戲曲

＊2007一至今　國立臺灣戲曲學院劇場藝術學系專任講師

兼任通識教育中心主任

授課科目：技術專題、表演、世界藝術專題、藝術行銷、排演I、表演技巧I

編導作品

＊1980　京劇劇本《寒宮恨》編劇。

＊1981　舞台劇《家父言菊朋》電影劇本之改編及導演，中國文化大學戲劇系演出。

＊1986　電視節目「嘎嘎嗚啦啦」兒童電視節目編劇，中華電視台播出。

＊1990　舞台劇《三國歷險記》編劇，魔奇兒童劇團演出。

＊1991　舞台劇《淨土八〇》編劇及導演，魔奇兒童劇團演出。

＊1994　舞台劇《BehindTheAct》（英語劇本）編劇及導演，美國奧克拉荷馬市大學演說與戲劇系演出。

＊1996　舞台劇《少年情事》編劇及導演，國立國光藝術戲劇學校劇場藝術科演出。

＊1997　舞台劇《快樂王子》（王爾德原著）改編（王友輝劇作）及導演，國立國光藝術戲劇學校劇場藝術科演出。

＊1999　舞台劇《艾麗絲夢遊仙境》導演，國立國光藝術戲劇學校劇場藝術科演出。

＊1999　歌舞劇《紙飛機的天空》編劇及戲劇指導，仁仁藝術劇團演出。

＊2003　舞台劇《時空殘響》編劇及導演，國立臺灣戲曲專科學校劇場藝術科高中畢業公演。

＊2005　舞台劇《孤蝶》編劇、導演、表演、演出之總指導老師，國立臺灣戲曲專科學校劇場藝術科專科部畢業製作獨立呈現。

＊2007　舞台劇《緣·點》編劇、導演、表演、演出之總指導老師，國立臺灣戲曲學院劇場藝術科專科部畢業製作獨立呈現。

＊2008　舞台劇《槍聲·BANG！》導演，國立臺灣戲曲學院劇場藝術學系高職部畢業製作獨立呈現。

著作

《角色人物的創造——如何表演》

國立台灣藝術教育館出版，1998初版。

針對青少年及對表演有興趣者介紹如何進入表演領域，進而融入生活、寬廣心靈，讓周遭充滿想像力與創造力的表演入門書籍。

《從生活的體驗到生命的體現——創造人生舞台的表演藝術》

國立臺灣戲曲專科學校之戲專學刊（第八期 p187-p212），2004。

強調「認真生活，熱愛生命」的重要，鼓勵以生活的另一面—戲劇表演作為體驗與體現人生的橋樑，把握出現在生命中的美好事物，享受生命。

《太極導引——身體概念》

國立臺灣戲曲專科學校之戲專學刊（第十期p115-p127），2005。

談太極導引對各種表演藝術工作者之訓練妙效，並對照整體劇場創始人安東尼·亞陶所研究之猶太教談「氣」與表演關係之論述，試說明表演者之身體概念與表演訓練之關連性與重要性。

《臺灣青年族群對傳統戲曲京劇演出觀賞行為研究》

秀威資訊科技股份有限公司出版，2005。

針對臺灣18至45歲之青年族群對京劇演出之觀賞行為與觀賞模式之調查與研究，企圖以研究分析之數據提供國內相關文化機構及表演團體研究推廣運用參考。

《表演藝術的體驗與體現——首輯》

秀威資訊科技股份有限公司出版，2006。

作者近年來作品選集，包括戲劇與生活相關題旨的舞台劇呈現，希望提供喜愛戲劇者對戲劇與人生結合與運用的參考。

《從表演藝術推廣到社區資源共享與運用之初探：
以國立台灣戲曲學院為例》

國立臺灣戲曲學院劇場藝術學系舉辦【劇場藝術研討會】之論文，2008年6月。

以國立臺灣戲曲學院為例，嘗試以該校專長特色—表演藝術推廣達到社區和諧及資源共享之裡理念。以文化規劃的概念綜覽社區文化資源，繼而探討戲曲學院因應目前境況的積極思維與作法。並試以文化創意產業的模式介入社區文化經營的可行性，探索藉由創造總體社區價值並與所屬社區共存共融榮的可能。

《青年族群對傳統戲曲「京劇」的觀賞行為》

秀威資訊科技股份有限公司出版，2008。

為前著作《臺灣青年族群對傳統戲曲京劇演出觀賞行為研究》之增修版，針對臺灣青年族群對京劇演出之觀賞行為與觀賞模式之調查研究，企圖以分析數據提供國內相關文化機構及表演團體研究推廣運用參考。

《表演藝術的體驗與體現——第二輯》

秀威資訊科技股份有限公司出版，2008。

作者近兩年來作品選集，包括戲劇與生活相關題旨的舞台劇劇本、走位圖之呈現，希望提供喜愛戲劇者對戲劇與人生結合與運用的參考。

國家圖書館出版品預行編目

表演藝術的體驗與體現 / 楊雲玉作. -- 一版.

-- 臺北市：秀威資訊科技, 2008.08-

　冊；　公分. -- (美學藝術；AH0021)

　BOD版

　參考書目：面

　ISBN 978-986-221-060-4 (第 2 輯：平裝)

854.6　　　　　　　　　　　97014981

　美學藝術類　AH0021

表演藝術的體驗與體現　第二輯

作　　　者 / 楊雲玉
發 行 人 / 宋政坤
執 行 編 輯 / 賴敬暉
圖 文 排 版 / 黃小芸
封 面 設 計 / 莊芯媚
數 位 轉 譯 / 徐真玉　沈裕閔
圖 書 銷 售 / 林怡君
法 律 顧 問 / 毛國樑　律師
出 版 印 製 / 秀威資訊科技股份有限公司
　　　　　　台北市內湖區瑞光路583巷25號1樓
　　　　　　電話：02-2657-9211　　傳真：02-2657-9106
　　　　　　E-mail：service@showwe.com.tw
經 銷 商 / 紅螞蟻圖書有限公司
　　　　　　台北市內湖區舊宗路二段121巷28、32號4樓
　　　　　　電話：02-2795-3656　　傳真：02-2795-4100
　　　　　　http://www.e-redant.com

2008 年　8 月　BOD 一版
定價：410 元

讀 者 回 函 卡

感謝您購買本書，為提升服務品質，煩請填寫以下問卷，收到您的寶貴意見後，我們會仔細收藏記錄並回贈紀念品，謝謝！

1. 您購買的書名：_____

2. 您從何得知本書的消息？

　　☐網路書店　☐部落格　☐資料庫搜尋　☐書訊　☐電子報　☐書店

　　☐平面媒體　☐ 朋友推薦　☐網站推薦 ☐其他_____

3. 您對本書的評價：(請填代號　1.非常滿意 2.滿意 3.尚可 4.再改進)

　　封面設計____　版面編排____　內容____　文/譯筆____　價格____

4. 讀完書後您覺得：

　　☐很有收獲　☐有收獲　☐收獲不多　☐沒收獲

5. 您會推薦本書給朋友嗎？

　　☐會　☐不會，為什麼？_____

6. 其他寶貴的意見：_____

　　_____

　　_____

　　_____

讀者基本資料

姓名：_____　年齡：_____　性別：☐女 ☐男

聯絡電話：_____　E-mail：_____

地址：_____

學歷：☐高中(含)以下　☐高中　☐專科學校　☐大學

　　　☐研究所(含)以上 ☐其他_____

職業：☐製造業 ☐金融業 ☐資訊業 ☐軍警 ☐傳播業 ☐自由業

　　　☐服務業 ☐公務員 ☐教職　☐學生 ☐其他_____

(請沿線對摺寄回,謝謝!)

秀威與 BOD

BOD（Books On Demand）是數位出版的大趨勢，秀威資訊率先運用 POD 數位印刷設備來生產書籍，並提供作者全程數位出版服務，致使書籍產銷零庫存，知識傳承不絕版，目前已開闢以下書系：

一、BOD 學術著作—專業論述的閱讀延伸
二、BOD 個人著作—分享生命的心路歷程
三、BOD 旅遊著作—個人深度旅遊文學創作
四、BOD 大陸學者—大陸專業學者學術出版
五、POD 獨家經銷—數位產製的代發行書籍

BOD 秀威網路書店：www.showwe.com.tw
政府出版品網路書店：www.govbooks.com.tw

永不絕版的故事・自己寫・永不休止的音符・自己唱